KB108205

암중일기

암중일기

발행일 2021년 2월 10일

지은이 김성태
펴낸이 손형국
펴낸곳 (주)북랩
편집인 선일영 편집 정두철, 윤성아, 배진용, 이예지
디자인 이현수, 한수희, 김민하, 김윤주, 허지혜 제작 박기성, 황동현, 구성우, 권태련
마케팅 김회란, 박진관
출판등록 2004. 12. 1(제2012-000051호)
주소 서울특별시 금천구 가산디지털 1로 168, 우림라이온스밸리 B동 B113~114호, C동 B101호
홈페이지 www.book.co.kr
전화번호 (02)2026-5777 팩스 (02)2026-5747

ISBN 979-11-6539-603-9 03810 (종이책) 979-11-6539-604-6 05810 (전자책)

어느 날 나는 암 환자가 됐다 —癌中日記—

암중일기

김성태 지음

북랩book Lab

쓰는 자는 기록할 가치가 있는 무언가가 있어서 쓰는 것이 아니다. 그런 사람도 있지만, 모두 그렇지는 않다. 어떤 사람은 그것 말고는 달리 할 일이 없기 때문에 쓴다. 예컨대 내가 그렇다. 진정으로 삶을 사는 자는 쓰지 않고, 쓰려고 하지 않는다. 쓰지 않고도 그는 살아있기 때문이다. 삶이 결여된 사람만이 쓰고, 쓰려고 한다. 왜냐하면 그는 쓰는 행위를 통해서라도 삶의 비어 있는 부분을 메꿔야 한다고, 보충해야 한다고 여기기 때문이다. 예컨대 내가 그러하다.

- 이승우, 『독』 중에서

머리말

'시시한 암은 없다'고 했지만 제가 겪은 위암 1B는 사실 그렇게 위중했다 말하기는 어렵습니다. 항암치료를 받지 않아서 머리가 빠지지도 않았고 정말 견디기 힘든 과정을 통해 완치되었다는 감동적인 인간승리가 있지도 않습니다. 오히려 병원과 의사에 대한 불평불만도 많았고 암과는 관련이 거의 없는 영화와 책 제목이 나열되어 있습니다.

객관적 기록이나 검증된 내용도 아닙니다. 그래도 스스로가 대견하기는 암 진단을 받은 공황상태에서도, 수술받은 바로 그날 극심한 통증 중에도, 빈혈로 쓰러진 날에도, 설사로 기진맥진한 상태에서도 단 하루도 기록을 멈추지는 않았다는 것입니다.

불만과 아쉬움은 있었지만 제가 숨 쉬고 살아 있는 것은 병원과 의료시스템, 나를 치료해 준 의사 선생님 덕분입니다. 내가 몹쓸 병에 걸렸다고 안타까워하고 위로해 주고 눈물 흘려준 이웃, 가족들 덕분입니다.

나에 대해 무한책임과 무한권리가 있는 사람은 아내입니다. 아내의 나에 대한 헌신은 계약상 당연한 의무입니다. 그래도 너그럽게 양보해서 제가 잠들 때마다 제 장딴지를 맘 놓고 주무를 독점적 권한을 아내에게 부여하겠습니다.

2021년 2월

김성태

•차례•

Part 1

암이란다

- 진단과 검사

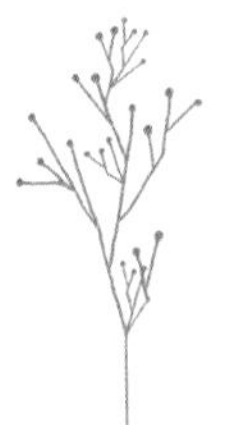

2018/10/31 수요일

암 진단을 받았다

위암이라 한다. 의사가 담담한 태도라 나도 덩달아 담담하게 상황을 인지했다. 지난 토요일 처음으로 받은 종합건강검진에서 위내시경을 보면서 암시를 받았지만 현실이 되고 보니 마음이 흔들린다. 심란. 아버지 생각도 난다. 위암으로 돌아가셨지. 대학병원으로 가서 수술받으라 한다. 짐짓 침착한 척, 진행 정도며 수술 방법, 기간 등을 질문했다. 일상처럼 대답한다. 그게 의사의 일상이니 그러리라. 남들 일이 아니라 이제 나의 일이 되었다. 죽음에 대해 생각한다. 젊은 처제도 어느 날 허망하게 죽었다.

어느 날, 뒤돌아본다. 앞은 내다볼 수 없으니.

2018/11/01 목요일

별일이 있단다

진성이에게서 점심 같이 먹자는 전화가 왔다. 선약이 있다고 했더니 “별일 없지?” 그런다. 습관처럼 던진 말이겠지. ‘아니, 별일이 있단다.’ 이렇게 대답해야 하는데 “별일 없어.” 했다. 그런데 진성아, 별일이 있단다. 귀한 손님이 오셨지 뭐냐. 암이란 손님이 나를 찾아왔단다. 오후에 충대병원에 가서 진료를 받았는데 가볍지가 않은 모양이다. 대청병원 의사는 내시경으로 간단하게 제거될 수 있을 거라 했는데 충대병원 의사는 수술은 당연히 해야 하고 위를 몽땅 절제할 수도 있다고 한다.

현실이 아니겠지.

같이 간 아내나 나나 갑자기 머릿속이 하얘진다. 두렵기보다는 쓸쓸하다. 고상하게는 아니더라도 추하게 늙고 죽지는 말아야 하는데. 그것도 두려운 감정이다.

저녁에 천균이가 저녁을 사서 먹었다. 갑봉 오명. 횟집 '바다향기'. 술을 마셨다. 어쩌면, 어쩌면 술을 다시는 마시지 못하리라. 그래서 아내의 걱정을 무시하고 술을 마셨다. 술이 쓰다. 잠자리에 드는데 아내가 이불을 끌어 올려 준다. "미안해." 그러는데 살짝 눈가에 물기가 느껴진다.

2018/11/02 금요일

정식으로 암 환자가 됐다

건강보험공단에서 산정특례자로 앞으로 5년간 5%의 진료비만 내면 된다는 친절한 메시지가 도착했다. 연 1만 원 이상의 사업소득이 있다고 20만 원이 넘는 보험료를 받는다고 불만이 있었는데, 거둬야 할 모양이다.

수영을 다녀왔다. 버킷리스트? 아니다. 이런 아무렇지 않은 일상에 다시 복귀할 수 있을까. 그래서 수영장에 갔다. 다시 수영을 할 수 있을까. 심리적인 것인지 실제로 아픈 건지 그냥 위胃 쪽이 불편하다. 수영 끝나고 몸무게를 달아 보니 64kg. 암 진단을 받은 며칠 새 2~3kg 줄어든 것 같다.

내가 걱정한다고 상황은 변화되지 않는다. 희망은 현실을 바로 바라보지 못하게 하는 걸 알지만, 겁난다. 일상에서 벗어나는 게.

2017/11/03 토요일

잠들지 못한다

아직은 통증이 있는 것도 같고 평소와 별반 다르지 않은 것 같기도 하다. 암 진단받는 순간 반쯤 죽는다더니 심리적인지 아니면 실제인지 명치쯤이 아프고 묵직한 것 같다. 그러함에도 교회에 가서 오시는 분들을 일상처럼 안내도 하고 평소처럼 예배도 드렸다. 일상처럼, 평소처럼. 아니다. 찬송을 하다가 말씀을 듣다가 자주, 가끔, 눈물이 났다. 감격해서는 아닌 것 같다. 가끔 웃음도 난다. 이게 뭐지. 이게 뭐지. 이게 대체 뭐지. 순태가 아침마다 병상일기를 카톡방에 올린다. 동병상련. 잠자리에 들었지만 잠들지 못하고 다시 거실에 나와 온라인 장기를 둔다.

2018/11/04 일요일

내가 아프면 내가 제일 아프다

1부 예배드리고 집에 와 소파에 기대어 쉬다가 갑자기 울컥 눈물이 났다. 작은아들이 있어서 방에 들어가 담요를 덮고 있는데도 끄억끄억 눈물이 난다. 울다가 아이처럼 잠깐 잠이 들었나 보다. 아내의 전화에 잠이 깼다. 교회로 밥 먹으러 오란다. 거울을 보니 아직도 마르지 않은 눈물이 눈가에 한 가닥 남아 있다. 선잠 속에서도 울었나 보다. 내가 아프면 내가 제일 아프다. 보훈병원에 장인어른 문병을 씩씩한 척 다녀오며 대청댐 조망대에 올랐다. 낙조가 붉다. 단풍도 붉다. 곧 지겠지.

2018/11/05 월요일

아내가 베란다에서 손을 흔든다

출근 배웅. 눈물이 살짝 난다.

저녁 늦은 시간, 아내가 교회 가서 기도하자 한다. 순태 말대로 을(乙)이 된다. 아니, 병(丙)이다. 순순히 따라갔다. 입바른 기도로 아픔을 통해서도 주님의 섭리를 깨닫게 해 달라 기도했었다. 아픈 남들. 그들. 나는 그들의 아픔을 알려 하지 않았다. 아니, 알 수도 없었다. 위로가 되기는커녕 되려 상처가 되는 기도를 했었다. 용서받을 수 없지만 용서해 달라 기도했다.

내 능력이나 노력에 비해 지금껏 잘 지낸 것 같다. 아쉬울 것도 없는데 또 눈물이 난다. 그러고 나니 외려 마음이 안정된다. 사춘기 소녀들이 낙엽이 굴러가는 것만 봐도 까르르 웃기도 하고 눈물을 흘린다더니 요즘 내가 그렇다. 다르다면 까르르 대신 헛웃음.

2018/11/06 화요일

정밀검사를 마쳤다

늦은 아침을 죽으로 먹고 있는데 병원내 식당으로 목사님 내외분이 오셨다. 아내가 연락을 한 모양이다. 영준이가 휴가를 내고 충남대병원, 청남대 가는데 기사 노릇을 했다. 청남대는 평일인데도 관광객들로 붐빈다. 감정의 변화가 자주 있겠지만 오늘은 비교적 안정적인 심리 상태를 유지한다. 요즈음 나는 심오한 아니, 심각한 철학자가 되고는 한다. 영광이가 종일 가게를 지켰다.

2018/11/07 수요일

'암이 축복이란다'

이런 말을 한 적이 있는가?
그렇다.

그럼 축복을 받은 것이군?
되물음이 아프다.

농담이었겠지?
물론 농담이었다.

죽는 게 농담거리인가?

농담이라도 해서는 안 될 말이다.

아픈가?
내 말이 나를 찌른다.

그래서 눈물이 나나?
아쉬울 것도, 더 이룰 것도 없는데….

왜 그분께 매달리지 않지?
이것도 그분 뜻일 테니.

브릿지님 댓글

저도 암이 그나마 축복이라고 생각해요. 아이들 아니고 나여서 감사하고, 죽음을 준비할 시간을 주셔서 감사하고 인생을 되돌아보게 하시니 감사해요. 암이라 나라에서 지원해주고 보험도 받아 몸 한번 뒤집어서 깨끗하게 했으니 축복입니다. 내 몸이 이렇게 연약한 존재인 것을 안 것도 축복입니다. 하마터면 더 혹사할 뻔했으니… 나머지는 덤으로 여기며 감사하며 삽시다~♡

2018/11/08 목요일

기적처럼…

어제도 수영을 다녀왔다. 자유수영 30분 정도. 오로지 숨 내쉬는 일에 몰입하려고 간다. 새벽에 일찍 깨서 기록을 남기고, 장영희 씨 책 『살아온 기적, 살아갈 기적』을 읽다가 무엇이 복받치는지 화장실에 들어가 엎드려 흐느꼈다. 거울에 비친 실성한 듯 우는 모습이 웃겼다.

2018/11/09 금요일

죽음이 두려운가?

순태는 부담이 되는 게 두렵다고 했다. 어제오늘 밤 9시경 영빈이에게서 전화가 걸려 와서 아내와 30분 정도씩 저녁상 차려 놓은 것도 잊은 채 유쾌한 통화를 한다. 나와는 예의로 3분 정도씩 마무리 통화. 나도 유쾌한 척 대화를 주고받는다. 나로 인해 평화가 흐트러질 수도 있는 게 미안하다. 오늘도 수영을 다녀왔고, 이렇게 기록을 하는 것을 보면 이 두려운 현실을 부정하고 싶은, 인정하고 싶지 않은 걸 게다. 나는 죽음이 두렵다. 아무리 준비해도 두려울 것 같다.

2018/11/10 토요일

아버지 산소에 다녀왔다

아내에게는 출근한다 해 놓고 소리 없이 다녀왔다. 왠지 그저 담담했다. 누우런 잔디조차 담담한 듯하다. 가게에 가고 있는데 아내가 인숙이와 장태산 간다고 해서 잠깐 산책하고 금평식당에서 점심을 같이 먹었다. 도서관에 예약 도서를 찾으러 가는 김에 보문산 단풍길을 산책했다. 엊그제만 해도 엄청 고왔다는데 금세 떨어지고 퇴색된다. 푸르름에 비해 가을빛은 턱없이 짧기만 하다.

대정여행클럽 회원들이 모여서 저녁을 같이 먹었다. 내년 4월 중순쯤 라오스로 가자고 했다. 주선하는 나는 정작 갈 수 있을까? 수다를 떨면서 불안과 스트레스를 잊는다.

'빛은 실로 아름다운 것이라.' 이 성경 구절을 나의 지금 상황과 엮어서 자꾸 반복한다. '빛은 실로 아름다운 것이라.'

2018/11/11 일요일

'부정-분노-타협-우울-수용', 나는 어느 단계일까?

대청병원 의사의 판단이 맞기를 기대하는 걸 보면 아직 1단계도 벗어나지 못했나 보다. 이미 일어난 일이고 고민하거나 화를 낸다고 해서 상황이 변치 않을 것을 안다. 그래서 더 슬프고 우울하고 무섭다.

1부 예배 기도 당번. 습관적인 기도를 했다. '병마에 고통받는 형제자매'를 말하는데 살짝 목이 메서 그걸 숨기려 부지런히 다음 대목으로 넘어갔다. 아직 곧은 나의 목은 그에게 은총을 달라고 매달리지 않는다. 저를 용서하소서.

2018/11/12 월요일

안타깝고 미안하고 두렵다

엊그제 한우물 친구들을 만나서는 내년 4월 중순 라오스로 여행을 가자고 했고, 오늘 낮에 대학 동창 연신이를 만나서는 내년에 유럽을 가자고 했다. 저녁엔 수영 강습을 진지하게 받았다. 내일 병원에 가서 최종 판정을 받으면 아마도 감당하기 쉽지 않은 상황이 기다릴 것이지만 짐짓 태연한 척해 본다. 난로업자와 통화도 일상적으로 해서 배달 약속도 잡는다. 영준이 그리고 영빈이와 희승이 통화도 아무 일 없는 듯이 한다. 이런 소소한 일상이 나로 인해 무너지는 게 안타깝고 미안하고 두렵다.

2018/11/13 화요일

기적은 없다

의사는 아주 간결 건조하게 초기에서 조금 지나긴 했지만 많이 나쁘지는 않단다. 일주일 긴장하게 해 놓고 설명은 채 1분이나 될까? 선고가 내려지는 순간 온몸에 열기가 확 올라오는 잠깐의 느낌이 있었다.

위 절제. 위胃의 입구 부분에 종양이 생겨서 그 방법 외에는 없단다. 현실로 받아들여야 한다. 워크숍 떠나는 영준이도 병원에 같이 했다. 병원에 진료받으러 오기 전 3년 전쯤 위암 수술을 한 대영가마솥 52년생 사장과 대화를 했는데 그때의 감정이 되살아나는지 나 대신 눈물을 보인다. 비슷한 부위인 것 같다. 수영을 마치고 돌아오니 목사님이 심방을 오셨다. 후회는 많지만 원망은 없다.

2018/11/14 수요일

점입가경

대청병원 의사는 내시경으로 들어내면 될 거라고 했는데 이제 막상 수술을 담당하는 의사는 위 전체를 절제해야 한단다. 복강경이 아니라 명치부터 배꼽까지 개복 수술을 할 거란다. 덤덤하단 표현도 지겹다. 분노하거나 놀라지도 않는다. 기침을 오래 했다니 호흡기 내과에 들렀다 오라 해서 2시간 끝에 겨우 진료를 받았다. 특이 소견 없음. 다행이다. 감기약 처방을 받아서 1주일분을 받았는데 중증질환자라고 400원을 받는다. 4천 원이 아니고. 중증질환자, 가슴이 턱 내려앉는다. 중증질환자. 큰형이 낌새를 채고 전화가 왔다. 딱 잡아뗐다. 컨디션이 좋지도 않은데 오늘도 수영을 했다. 아내는 영민이에게 전화해서 서울서 진료를 받아 보자 한다. 희망은 또 고문이 된다.

2018/11/15 목요일

서울 소재 병원이 능사는 아니겠지만

오전 내 대청병원과 충남대병원에 들러 진료 기록을 확보한다. 서울 소재 병원서 진료를 다시 받기 위해서다. 영민이, 영인이가 주선을 한다. 영인이가 우리 집을 방문했다. 진료 기록을 건넸다.

잠자리에 눕는데 아내가 내 장딴지를 주물러 준다. 눈물이 난다.

2018/11/17 토요일

가족도 함께 앓는다

부산가톨릭대학교에서 강연이 끝나고 서울로 올라가는 영빈이와 며느리를 대전에 내리게 해서 내 몸 상태와 앞으로 진료 일정을 알렸다. 아픈 가족이 있으면 가족 전체의 리듬이 뒤죽박죽된다. 한밭식당에서 5명 가족이 설렁탕, 환자인 나는 꼬리곰탕을 먹었다.

다음 주 월요일은 충남대학교병원, 화요일은 서울대병원, 수요일은 현대아산병원에 진료가 예약되어 있다.

2018/11/18 일요일

가족에게 내 상태를 전했다

할아버지, 할머니 추모 모임을 가야곡 인숙이네 농가 주택에서 가졌다. 이미 어렴풋이 알고는 있었겠지만 내 입으로 나의 상태를 전하는 순간, 다들 얼어붙는다. 말을 잃은 것 같다. 나만 주저리주저리 향방 없이 내뱉는다. 인숙이는 이미 알고 있었고 본인도 암 치료 경험이 있어서인지 눈물을 주체하지 못한다.

주일이다. 예배 시간에도 나는 간절히 매달리지 못한다.

2018/11/19 월요일

흔들린다

심장초음파를 마치고 수술할 의사 면담을 기다리는데 눈물이 흐른다. 아내가 조금 걱정되기는 하지만 지금 죽어도 별 미련이 없을 것 같은데 말이다. 지금까지 뭘 크게 이루거나 대단한 것도 없고 혹 잘 치료가 된다 해도 인생이 비루하게 마감될 것 같은 그런 부정적인 생각 아니, 현실적인 생각이 나를 뒤흔든다.

내일 서울대병원으로 진료를 받으러 간다. 아직 갈 길이 먼데 몸도 마음도 지레 지친다.

영인이한테 준 내 진료 기록을 돌려받으러 갔다가 저녁을 같이 먹었다.

2018/11/20 화요일

검사 또 검사

7시 17분 기차를 타고 서울에 가서 서울대병원에서 진료를 받고, 2시 25분 KTX를 타고 내려왔다. 대청병원, 충남대학교병원 기록지나 영상을 다 챙겨오라 해서 다 가져갔는데도 또다시 피도 뽑고 대소변도 다시 받는다. 심전도 호흡기 엑스레이도 다시 한다. 거기다가 이틀 뒤에 검사하러 다시 오란다. 호흡기 내시경 검사를 또 해야겠단다. 변화가 있다면 위전절제는 변함없고 개복을 안 하고 복강경으로 한단다. 내일은 현대아산병원에 예약이 되어 있다. 이렇게 빨리 예약이 된 것도 진료를 받을 수 있는 것도 그나마 다행일지 모른다. 서울대병원이 파업 중이라 진료는 더뎠고 당연히 대기 시간도 오래 걸린다. 아내, 영빈이, 며느리가 같이 돌아다녔다. 미안하다. 내일도 모레도 서울 가 진료받을 것 생각하니 가기도 전에 지친다.

아내와 집에 도착하자마자 서로 고생했다고 서로를 끌어안는데 아내가 훌쩍인다. 지금껏 한 번도 내 앞에서 눈물을 보인 적이 없었다. “감기 걸렸어.” 그러면서 얼른 가슴을 밀쳤다.

2018/11/21 수요일

이 병원, 저 병원

서울아산병원에서 다시 진료를 받았다. 개복 전문의를 찾았으니 당연히 개복전절제를 하자 했고 12월 3일 입원해서 12월 4일 수술하자고 시원하게 말씀하시는데 내가 머뭇거리자 다른 데도 알아보고 결심이 서면 오란다.

중앙대학교에 있는 영빈이의 교수실에 가 봤다. 냉장고, 싱크대, 공기청정기와 의자, 책상 위 컴퓨터 모니터 2개 외에는 책은 단 한 권도 없다. 역시 컴퓨터 교수로고. 영빈이 강의도 1시간 청강했다. 흐뭇하다.

영빈이와 저녁을 같이 먹고 예약해 준 MayPlace 호텔서 머무는 중. 내일 오전과 오후에 서울대병원에서 호흡기, 내시경 검사를 받는다. 의료 쇼핑이 거의 끝나 간다. 차라리 마음이 안정되는 것 같다.

2018/11/22 목요일

간단한 수술이라고

서울 호텔서 자고 아침 일찍 일어나 9시에 호흡기 검사를 했다. 예상대로 수술하는 데 지장이 없겠단다. 충남대병원에서 이미 진료받아 이상이 없다는 진료 기록, 영상 기록은 아무 쓸모도 없고 참고도 안 한다. 그런데 진료 기록이나 영상은 왜 가져오라는 거지? 진료비 본인 부담금, 23,900원.

오후 진료 시간은 1시 50분, 그 기다리는 시간에 종묘와 창경궁을 관람했다. 길을 잘못 들어 도착한 종묘는 해설사의 안내로 1시간 정도 돌아봤고, 서울대병원 맞은편 창경궁은 호텔 체크아웃하고 진료 시간까지 기다림을 겸해서 휘돌아봤다.

위내시경과 위 초음파 내시경. 1시간 정도. 영빈이와 대전서 일부러 올라온 아내가 보호자다. 수면내시경은 보호자가 있어야 된단다. 검사가 끝나고 셋이서 늦은 점심을 죽으로 먹었다.

여러 건 전화로 펠릿 주문이 들어왔다. 영광이는 가게를 지키고 일태가 계속 배달을 하겠지. 다시 서울대병원 예약이 있는 12월 3일까지 또 지치게 기다려야 한다.

서울대병원에서 수술을 하기로 의견을 모았다. 남들은 간단한 수술이겠지만 나에게는 어쩌면 생명에 관한 일로 느껴질 게다.

아버지께

엊그제 서울 가서 영빈이 방, 교수실을 가 봤습니다. 그런데 아버지, 글쎄 명색이 교수방인데 정말 책이 단 한 권도 없었습니다. 영빈이는 컴퓨터 속에 다 있는데 굳이 활자로 된 책이 필요하지 않다고 했습니다. 컴퓨터 교수다운 말입니다. 가구도 제 책상과 응대용 탁자가 전부입니다. 책상 위에는 카드 영수증과 메모지, 출력된 종이 몇 장이 정돈되지 못한 채 어지럽게 놓여 있었습니다. 제 가게의 탁자 위의 풍경과 어찌 흡사하던지, 그냥 웃음이 났습니다. 영빈이가 내 책상을 한 번도 안 봤을 텐데 말입니다. 아버지, 그리고 제가 영빈이 학교에 간 날은 개교 70주년이라 강의를 쉬는 날이지만 제가 영빈이가 강의하는 걸 보고 싶다고 하자 급히 보충 강의를 한다고 학생들을 불렀다 합니다. "서너 명 올 거예요." 그랬는데 제가 흘끔 세어 보니 14명이나 왔더군요. 1시간 동안 아들의 강의를 들었습니다. 제가 어떤 마음이었을지 짐작이 되시지요, 아버지. 이 글을 쓰는데도 그냥 가슴이 꽉 차오른 느낌이 듭니다. 아버지, 제가 직장을 옮길 때마다 아버지는 제가 일하는 곳을 거의 다 방문하셨었지요. 지금 생각해 보니 영빈이가 하는 정도의 배려를 아버지에게 한 번도 못 했는데 지나고 보니 너무 철이 없었습니다. 그런데 아버지, 그런데 아버지, 제가 서울에 갔던 건 영빈이 강의를 들으러 간 게 아니라 글쎄, 제가 암에 걸렸습니다. 사실 저는 아버지가 돌아가시기 얼마 전쯤 암이라는 사실을 알았습니다. 조금의 차이는 있었겠지만 제가 겪어 보니 후회해야 소용없지만 그 고통을 조금도 나누지 못했으니 제가 기본적인, 아니 최소한의 도리도 못 했으니 아버지, 빌어봤자 아무 소용없지만 그래도 아버지, 용서를 구합니다.

2018/11/23 금요일

숨기기도 그렇다고 일일이 전화해서 나 암 걸렸네 하기도 그렇다

알량한 자존심이 동정받는 것을 받아들이지 못한다. 퇴근하면서 영헌이를 일부러 찾아가서 사실을 알렸다. 연신이한테는 전화를 했다. 일을 부탁하려 태경이에게 전화했다가 내 상태를 얘기해 줬다. 위로의 말들을 해 준다. 한숨을 쉬어 준다. 온전히 나의 심리 상태를 이해하긴 어렵겠지, 나도 그랬으니까.

아버지

제가 유성우체국 관리과장으로 있을 때 전입직원이 새로 오면 3가지를 지키라고 했습니다. 찾아서 일해라, 오늘 일을 내일로 미루지 마라, 성실히 일해라. 이렇게 말하면 되는데 난 척하느라 "시켜서 일하면 아무리 잘해도 60점, 찾아서 일하면 기본이 80점이다. 우리에겐 내일은 없다. 직장은 놀이터가 아니다." 이렇게 말했습니다. 다 맞는 말이지만 돌아보니 넘치고 건방지고 상처를 주는 말이었습니다. 그런데 아버지, 지금 제가 내일을 알 수 없는 처지가 되고 보니 본래 그런 의미는 아니지만 '우리에겐 내일은 없다.'란 말이 제 가슴을 후비네요. 이젠 검사도 어느 정도 끝났고 수술을 받아야 되는데 마음이 안정되었다가도 순식간에 뚝 떨어지기도 합니다. 오늘 저녁에도 대학 친구에게 제 병을 담담하게 전하고 오는데, 아버지는 근처 병원에서 치료받게 해 놓고는 저는 어떻게든 조금 더 살아 보겠다고 대전에서 서울병원으로 헤매는 게 한심스러워 운전을 하면서도 눈물이 쏟아졌습니다. 저녁을 먹으면서 아내에게 누구 남편도 위암으로 죽었지, 이렇게 물어 놓고는 저 스스로가 놀랍니다. 아버지, 저도 죽기 쉬운 그 범주에 있는데 마치 예외가 될 것이란 허망을 품었기 때문이겠지요. 아버지, 이렇게 되고 보니 '정리'란 단어를 자주 생각합니다만, 내 흔적을 지우는 게 정리인지 무엇을 가지런하게 하는 게 정리인지, 어쩌면 정리는 산 자의 것이지 제 몫이 아닌지도 모르겠습니다.지, 빌어봤자 아무 소용없지만 그래도 아버지, 용서를 구합니다.

2018/11/24 토요일

보훈병원에 2주 만에 장인어른 문병을 다녀왔다

많이 좋아지신 듯하다. 문화동 처가 리모델링도 거의 마무리되어 간다. 장모님이 흐뭇하신가 보다. 장모님, 서울서 내려온 영주, 영준이, 아내와 '돼지촌'에서 저녁을 먹었다.

심리적으로 안정을 찾은 듯하지만 자주 불안하고 우울하다. 가게에 나가 물건도 받고 팔기도 했지만 가끔 이게 뭐 하는 짓이지 하는 생각도 든다. 김진성, 이전교 사장에게도 알렸다.

2018/11/25 일요일

스스로 잘 견뎌야 한다

이미 위암 수술을 한 고등학교 후배 정회연과 병화에게 전화를 했다. 공통된 얘기는 그 고통을 겪어 보지 않은 사람은 그 상황을 이해하지 못한다는 것이고, 위로조차도 도움이 되지 않더란 것이었다. 그들이 이미 겪은 고통을 아직 겪어 보지 않았으니 다가올 상황들이 두렵다. 스스로 견뎌 나가는 수밖에 없단다.

아무 일 없는 사람처럼 평상시같이 교회도 다녀오고, 그룹장들을 위해 2남전도회가 마련한 굴과 홍합도 먹고 칼국수를 저녁으로 먹었다.

2018/11/26 월요일

일상을 잃는다는 게 두렵다

10월은 지난해보다 많이 팔렸는데 11월 들어서는 30%는 판매량이 줄었다. 날씨 영향인가? 그린에너지 사장이 전하는 말로는 산림조합도 그렇단다. 몸 상태가 이러하니 분석도 흥미를 잃어 가는 것이 오히려 당연하겠지. 영광이가 심심한지 가까이 오지도 않는 길고양이와 놀아 준다.

감기 기운도 약간 있어서 몇 번 망설이다가 열흘 만에 수영을 다녀왔다. 아내는 큰아들과 통화하면서 '의욕적으로' 수영하고 오셨다 했다. '의도적'이란 표현이 어울릴 것 같다. 의도 1, 수술 후 버티기 위한 체력 보강. 의도 2, 지금 나를 잊기 위한 몸부림. 장기에 몰두한다.

장애인에 대해 생각했다. 그들에 비하면 많은 것을 누리고 살았다. 죽는 것도 물론 두렵지만 일상을 잃는 삶은 더 두렵다.

2018/11/27 화요일

이 와중에도 장사 걱정을 한다

정부는 경기 부양을 위해서 유류세를 15% 내렸다. 우드펠릿 난방이 가격 경쟁력이 그만큼 떨어졌다. 올해부터 정부는 우드펠릿에도 부가가치세 10%를 붙였다. 가격이 그만큼 올라갔다. 오늘도 한낮이 봄날 같다. 난방업은 11월 날씨가 좌우한다. 거기에다가 사장이 아프다. 절반도 자리를 지키지 못했다. 출근해도 당연히 장사에 집중할 수 없다.

충대병원에 12월 3일 예약이 되어 있지만, 취소하고 서울대병원에서 수술하는 것을 결정했다. 1년 전 위암 수술을 한 고교 후배 정회연이 전화 와서 수술을 빨리하는 방법을 알려 주었지만 어차피 전부위를 들어내야 한다니 굳이 서두르고 싶지도 않다. 12월 3일 서울대병원에 진료 예약이 되어 있다.

수영 강습을 받았다. 수술을 하면 이런 하찮은 일상도 누리기 어려울 것이다. 슬프다.

2018/11/29 수요일

무기력하고 침울하게 하루를 보낸다

미뤘던 초등학교 동창 모임 장부 정리를 해서 카톡방에 올렸다. 수영 강습은 없는 날이지만 자유수영을 한 시간 정도 했다. 수영을 하면 잠시 내 상황을 잊게 된다. 수요예배, 아직도 간절해지지 않는다. 죽고 사는 것이 내 마음대로 되지 않을 게다. 내가 무슨 원대한 목표가 있어 살아온 것도 아니고, 그러니 이루지 못한 꿈도 없고 앞으로도 그러할 것이다. 그래서 지금 죽는다 해도 딱히 아쉬울 것도 없을 것 같다. 그게 그런데 내 마음대로 되지 않을 거라는 게 무섭다.

2018/11/29 목요일

힘내라, 힘

영현이와 한빛 이전교 사장, 이해신 본부장 넷이서 영현이 가게에 있는 황토방에서 나를 위로하기 위한 저녁 자리가 있었다. 과메기와 도수가 낮은 소주 몇 잔. 이러고 있는데 충남대병원에서 입원을 확인하는 전화가 왔다. 월요일부터 취소 전화를 한다던 아내는 내가 몇 번 관심을 보였는데 오늘도 잊은 모양이다. 짜증이 더해진다.

점심은 목사님 내외와 같이 했다. 괴정동 '소나무풍경'에서 곰탕을 먹었다. 식당 위치는 아닌 것 같은데 인테리어가 깔끔하고 대기 손님들도 있다.

2018/11/30 금요일

다시 수영을 할 수 있을까

월말 결산을 해 봤다. 영광이 월급 150만 원, 나의 병원비 그 정도를 제하고 나니 남는 게 없다. 아니, 이 금액만큼 번 거긴 하지. 마진이 점점 줄어드는 것 같다. 아직 본격적으로 겨울이 시작되지도 않았는데 벌써 국산 우드펠릿 공급이 불안정해질 조짐이 보인다. 그걸 걱정할 처지가 못 됨에도 걱정이 된다.

초등학교 동창 규복이가 점심을 먹으러 왔다. 내가 암이라 알려줬다. 고등학교 동창 오명이와 승헌이도 다녀갔는데 차마 알리지 못했다.

월말 결산하느라 늦었는데도 수영을 다녀왔다. 접수창구에서 "오늘이 마지막입니다." 그런다. 다음 달 수영 등록을 안 했다. 더 이상 수영을 못 할 수도 있겠지. 덤덤하게 가슴이 눌린다.

내가 병들었을 때 너는 어디 있었느냐

새벽 예배를 다녀와서 다시 잠들었다가 9시쯤 일어나 화장실을 다녀와서 보니 커튼으로 어두운 거실에 수태가 서 있다. 엊저녁 내 몸 상태를 인숙이가 알려 준 모양이다. 아파 본 사람이 더 아프다. 인숙이도 잠시 뒤 와서 같이 아침을 먹었다.

저녁은 한우물 친구들과 같이 했다. 갈마동 '양푼이 동태탕'에서 삼겹살을 먹고 옮겨서 차 마시며 수다를 나눴다. 막걸리도 몇 잔 했다. 잘 견디겠다 했다. 김진성, 목덕균, 민태경, 민태철, 손종배, 송인범, 윤병화, 임영국 그리고 나까지 9명. 이런 소소한 일상의 즐거움을 더는 누리지 못할 것 같아 안타깝지만 받아들여야겠지. 택시를 잡아 주고 손을 흔들어 주는 친구들을 바라보며 상황에 어울리지 않게 흐뭇해했다.

2018/12/02 일요일

고향 집에 가서 어머님과 저녁을 먹었다

"엄마, 멀쩡하게 많이 아파서 큰 수술을 해야 해요."

"그줏말하지 말고 얼룽 밥이나 먹어, 이놈아."

"진짜로 아프다니까요."

"아프기는 뭐가 아파, 젊은 놈이."

"암이라니까요, 엄마."

지어낸 상황극이다.

"엄마, 머리 참 곱게 빗으셨네."

상황을 연출해서 엄마 머리칼을 쓰다듬어 봤다.

"엄마, 나 아파. 진짜 아파, 엄마."

국민학교 4학년 때 다리가 부러졌을 때처럼 나 안 나으면 엄마 책임이라고 울며 떼라도 써 볼 걸 그랬나.

2018/12/03 월요일

상황이 뚜렷해질 뿐

서울대 병원에 다녀왔다. 지난번 검사 결과를 보기 위해서다. 상황이 뚜렷해질 뿐 결과는 다르지 않다. 다음 주 또 오라 한다. 똑같은 검사를 병원마다 반복해서 한다. 내 몸이 장사의 수단이 된다 해도 스스로 선택한 것, 거역해서는 안 된다. 힘을 충분히, 아주 충분하게 뺀 다음에 수술을 할 모양이다. 유격 훈련 때 PT 체조하는 것처럼.

2018/12/04 화요일

동구체육센터에서 수영을 했다

사람이 적었다. 30분 정도. 3,000원. 안과도 다녀왔다. 사람이 많았다. 대부분 노인이다. 면봉으로 이물질을 5초에 걸쳐서 제거해 줬다. 쇳가루인 것 같다 했다. 18,400원. 서비스에 비해 과한 것 같다.

맹하게 하루가 간다. 무기력하게.

2018/12/5 수요일

제발 제발 꿈이기를

'엄마, 이게 말이 돼요? 이게 말이 돼요?'라고 서럽게 울부짖다가 잠이 깼다.

꿈인데도 진짜처럼 슬프고 가슴이 미어진다. 꿈을 깨면 현실인데, 마치 지금 상황이 꿈처럼 느껴지는지, 자신에게 거짓말을 한다. 꿈속에서는 이게 말이 되냐고 운다. 이게 말이 되냐고. 이게 말이 되냐고.

2018/12/06 목요일

나만 힘든 게 아니고 아내도 힘들 거란 생각을 못 했다

아마도 나보다 더 힘들지 모른다. 처가 상황도 녹록지 않다. 전화를 했더니 울먹여서 얼른 화제를 돌리느라 영화를 보자고 했다. <보헤미안 랩소디>, 대전 CGV.

3시부터 1시간 정도 수영을 했다. 동구체육센터. 혼자 하려니 재미가 없다. 부대껴야 한다.

장사가 작년에 훨씬 미치지 못한다. 거기에다 우드펠릿 수급 상황이 벌써 불안정할 조짐이 보인다. 그걸 신경 쓸 상태가 못 됨에도 신경이 쓰인다.

2018/12/07 금요일

나, 이제 암 환자야

고등학교 동창 몇을 만나서 한밭식당에서 점심을 먹으며 내가 암이라는 사실을 알렸다. 지난 토요일 한우물 친구들에게 알렸듯이. 미묘한 반응의 차이는 있다. 권오명, 김재성, 황광연.

날씨가 많이 추워졌다. 거래 수는 증가했지만 수량이 비례로 증가하지는 않는다.

수영을 가려다 감기 기운이 찾아오는 것 같아 참았다. 살고 싶은가 보다.

순태와 오랜만에 긴 통화를 했다. 형제 중 아직 순태만 내 상태를 모른다. 거기도 중증 환자라 안정에 지장을 줄까 해서 안 알려 줬기 때문이다.

오랜만에 장인어른 문병을 아내와 다녀왔다. 내 코가 석 자다.

2018/12/08 토요일

조燥는 짧고 울鬱은 자주 온다

토요일인데도 올겨울 들어 제일 많이 팔렸다. 올 들어 제일 기온이 낮은 날, 역시 추우니 많이 팔린다. 596포, 35번의 거래. 영광이는 배달하는 데 보내서 거의 혼자서 모처럼 종일 일을 했더니 피곤했다. 걱정되게도 기침이 계속된다. 조울증 환자처럼 기복이 심하다. 목숨을 부지해야 되는 게 구차하다.

2018/12/09 일요일

영준이와 저녁을 같이 먹고 볼링도 쳤다

보쌈과 칼국수를 먹었는데 칼국수가 맛있었다. 수술을 하고 나면 칼국수는 더는 먹기 어려울 수 있다니 그래서 더 당기는지도 모르겠다. 볼링은 오랜만에 치는 것이기도 하지만 암 진단 후 한 달하고도 열흘 동안 내상을 많이 입은 것 같은 느낌이 든다. 이 볼링도 더는 치기 어렵겠지. 내일 서울대병원에 또 간다. 힘들다. 교회에도 내 상황을 전했다. 소문이란 건 늘 과장되어 전해진다.

2018/12/10 월요일

달라지는 것은 아무것도 없다

지난주 월요일에도 이번 주 월요일도 서울대병원에 갔다. 위 전체 절제 수술, 끔찍하지만 그게 최선이란다. 적당히 남겨 봐야 도움이 되지 않는단다. 진료실 책상 위 서류를 보니 다음 주쯤 수술을 받게 될 것 같다. 연신이가 서울역에 나와서 점심을 사 준다. 연신이뿐 아니라 만나는 사람마다 희망과 완치 사례를 들어 위로하지만 미안하게도 위로도 안심도 되지 못한다. 영빈이가 와서 같이 기다렸다. 아내는 언제나 같이지만.

가게는 영광이 혼자 지켰는데 개업한 이래 제일 많이 팔린 것 같다. 710포, 서울 오가는 중에도 여러 통 전화를 받았다. 우드펠릿 수급이 불안정할 조짐을 보이자 우선 사 놓고 보려는가 보다. 특히 국산은 오늘 600포를 받았는데 내일이면 다 팔릴 것 같다고 영광이가 전한다.

2018/12/11 화요일

그래도 다들 그 말이 최선이라 생각하는가 보다

돌이켜 보면 나도 그랬겠지만.

"요즈음 의료 기술이 발달해 수술받고 재활 잘하면 위암은 아무것도 아니다."

이 말 듣는 것도 위로가 아니라 피곤하다.

승헌이가 점심을 샀다. 백세주도 한 병 사라고 했다.

우울해야 정상이고, 나는 정상이다.

2018/12/12 수요일

꼬마 길고양이가 담요 조각에 앉아 가만히 있다

옆에만 가도 도망갔는데 오늘은 쓰다듬어도 도망가지 않는다. 목과 가슴을 쓸어 주니 발랑 뒤집어 눕는다. 그때는 생각 못 했는데 아마 저 인간이 나(꼬마 길고양이)를 살려 줄 수도 있다고 생각해 본능적으로 반응했는지도 모르겠다. 눈곱도 잔뜩 낀 것이 그대로 두면 그냥 죽을 수도 있을 것 같아 동구청에 연락을 했다. 채 10분이나 지났을까. 야생 동물 구조 차량이 도착했다.

영준이가 방어회를 떠 와서 먹었다. 너무 많아서 1/3은 남았고 밥도 1/3밖에 못 먹었다. 내일은 가족사진을 찍기로 했다. 또 다른 일상으로 가기 위한 준비를 하는 게다.

가족사진을 찍었다

2004년 2월 29일, 영빈이가 서울로 올라갈 때 가족사진을 찍어 그것이 오랫동안 거실을 지키고 있었다. 아내는 오래전부터 찍고 싶어 한다는 것을 알았지만 남자들의 비협조로 이루어지지 못했다. 내가 더 이상 지금의 모양보다 나아지지 않을 것이란 예감에 서둘러 가족사진을 찍는다. 나의 사진들을 보니 많은 컷이 화난 표정, 우울하고 피곤한 모습이다. 물론 활짝 웃는 사진도 있다. 가식 없는 삶이 어디 있으랴. 가족사진 찍으려고 영준이는 휴가를 냈고, 영빈네는 서울에서 내려왔다. 1시간 반 동안 400컷이 넘게 찍는다. 이 중에 딱 한 장만이 선택되어 거실을 지키게 될 것이다.

2018/12/14 금요일

드디어 입원하라는 전화를 받았다

19일. '드디어', '기다림의 끝에'라는 의미인 것 같은데 굳이 기다리지도, 재촉하지도 않았다. '드디어', 습관적으로 쓴 표현이다. 일상적인 일상을 하루라도 더 누리고 싶다. 특별할 것도 없고 그저 그런 일상이 있는 하루. 밥 먹을 때, 잠자리에 들 때 기도를 하면 습관적으로 "감사합니다."라고 시작해 놓고는 왜 감사한지를 잇지 못하고 허둥댄다. 간절하게 기대지도 못하는 나의 모습이다.

점심은 박지영 국장과 같이 먹고, 저녁은 아내와 영준이와 같이 '신도칼국수'에서 먹었다. 펠릿은 44포가 팔렸다. 12월로는 최저 기록.

2018/12/15 토요일

왜 이리 눈물은 잦은지

인숙이가 와서 '우리밀만두'서 조금 늦은 점심을 먹었다

5시가 다 돼서야 정신이 나서 장인어른 뵈러 보훈병원에 갔다. 많이 회복된 듯하다.

오늘 모이는 초등학교 동창 모임에도 '진잠 삼보식당' 잠깐 들러서 인사만 나눴다. 잘 견디고 올게. 저녁 식사비로 20만 원을 냈다.

한우물 들러 어머님, 일태 내외와 저녁을 같이 했다. 엄마, 나 아파. 많이 아파. 어떻게 좀 해 줘 봐. 엄마. 무서워. 엄마. 주체 안 되게 눈물이 난다.

2018/12/16 일요일

이유는 글쎄, 나도 모르겠다.

새벽에 일어나 일기를 마무리하다가 갑자기 눈물이 쏟아졌다. 아니, 엄마와 연결 지으면 눈물이 나는 것 같다. 나는 하나도 안 아픈데 수술하고 잘라내야 한단다. 다른 방법이 없느냐는 질문에 의사는 그게 최선이란다. 태연하게, 아주 태연하게 아무 일 없는 사람처럼. 2부 예배를 드리고 점심 먹고 오후 예배를 드렸다. 가게도 다녀왔다. 환웅이가 대기업에 합격했다고 처제 내외와 인사차, 자랑차 왔다. 흰 돌을 뽑았다.

2018/12/17 월요일

평온한 척해 보지만 허둥대는가 보다

가게가 바빴던 것도 아닌데 신문은 펼쳐 보지도 못하고 집에 가져와 봤다. 읽으려 가지고 간 책도 종일 탁자를 지키게 했을 뿐이다. 요즈음 시간 보내기용으로 자주 하는 인터넷 장기도 열어 볼 생각도 못 했다. 점심도 2시는 되어서야 시켜서 먹었다. 배도 안 고픈 것 같다. 퇴근하면서 배달할 펠릿을 뒤에 싣고도 잠시 잊고서 한밭도서관 무인반납기에 책을 넣으며 생각나 되돌아가 배달을 했다. 인숙이, 은숙이가 집에 찾아와 저녁을 같이 먹었다. 둘 다 암 수술을 했다. 21일로 수술 일정이 잡힌 모양이다. 전혀 통증도 없는데, 현실감이 없다. 그런데, 유감스럽게도 이게 현실이다.

2018/12/18 화요일

간절해지지 않는다

다 이루지도 못했지만 모자란 것도 없는 것 같다. 내 몸 간수를 잘 못 해 가족들을 번거롭게 하는 것 같아 마음이 쓰인다. 더 마음이 쓰이는 것은 아내도 몇 번 수술대에 올랐지만 제대로 간병을 한 번도 못했다는 것이다. 내 곁을 지킬 아내가 미리 안쓰럽다. 영빈이가 몇 번의 수술을 할 때도 마찬가지였다. 그 아픔을 저리게 느낀 적이 없었음을 내가 이리되니 비로소 깨닫게 되는 것 같다. 미안하다. 부끄러운 남편, 아버지였다. 내일 입원하는 나를 위해 목사님이 간절히 기도해 주신다. 내가 제일 간절해야 되는데 정작 본인은 간절하지 못하다.

나는 오늘도 종일 바쁘다. 세금 정리, 미수금 독촉, 임대료와 공과금 납부. 지금 내게 이게 무슨 의미일까? 지금 이게 중요한 게 아닌데. 그러면서도 이런 일들을 하며 지금까지의, 그렇다, 지금까지의 일상을 마무리한다. 수술 후 또 다른, 원치 않았고 기대하지 못했던 일상을 맞아야 한다. 기대가 없음인지 두려움도 느끼지 못하는 것 같다.

Part 2

전절제 수술을 받았다

- 입원과 수술

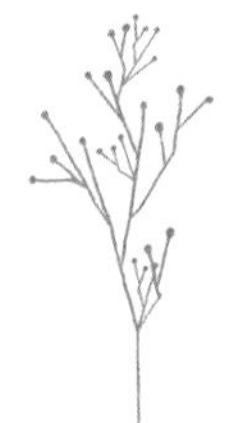

2018/12/19 수요일

입원 첫날

서울대병원에 입원했다. 2년 전 맹장 수술을 당해 본 경험이 있는 지라 그리 어색하지는 않다. 큰아들과 며느리가 기다리고 있다. 환자복으로 갈아입히고 이내 팔뚝에 주사기를 꼽는다. 2시까지 음식을 먹었다 하니 금식하고 8시쯤 CT를 찍잔다. 이제 일주일 정도는 음식을 먹을 수 없겠거니 했더니 밤 12시까지는 먹고 그 후로 금식하란다. 이게 웬 떡, 구내 음식점을 서둘러 찾았으나 9시에 폐점했다. 할 수 없이 구내 편의점에서 쇠고기죽과 빵을 사서 옆 침대 분 말처럼 '최후의 만찬'을 아내와 같이 했다. 미안하다, 위야! 평생 고생시키고 겨우 쇠고기죽과 빵으로 너를 너무 초라하게 온전치 못하게 보내게 되는구나. 금식을 풀어 주는 것으로 보아 수액을 달고 있어야 될 이유가 없어 보여 간호사에게 떼어 달라 하니 시원한 성격인지 시원하게 수액 바늘을 빼 준다. 아마 내가 요구하지 않았다면, 내일 또 해야 된다며 간호사가 거절했다면 그냥 밤새 불편하게 바늘을 달고 있었겠지. 환자의 권리와 병원 관계자의 편리의 상호 충돌. CT일정과 금식도 미리 알려 줬으면 위와의 서러운 이별은 없었을 것을. 아침에 외과에 전화를 했을 때도 건성건성 어서 전화 끊기를 재촉하는 간호사의 불친절이라니. 환자와 같은 편이라고? 갑과 을을 혼동한다. 겉보기에 아직은 쌩쌩하다. 저녁엔 연신이 내외가 문병 와서 아내와 저녁을 같이 했으니 외려 이게 더 합리적 문병이다.

2018/12/20 목요일

입원 2일째

내일 아침 수술을 받는다. 오늘 2018년 12월 20일은 지금까지와는 많이 다른 삶이 내 앞에 기다리고 있다. 고통을 잘 버텨 낼 수 있을까. 불편에 잘 적응할 수 있을까. 두렵다. 글쎄, 두렵다기보다는 아직도 부정하고 있는지도 모른다. 온라인 장기를 둔다. 승률이 높다. 일상처럼 인터넷으로 배구 중계도 봤다. 오전에는 큰형님 내외와 이곳 서울대병원을 주선해 준 영민이가 왔다. 저녁엔 근심 가득한 인숙이가 은숙이 몰래 왔고 영주 처제도 다녀갔다. 내일도 여전히 해는 또 일상처럼 뜨겠지.

2018/12/21 금요일

입원 3일째, 수술

회복실로 나오면서 벽에 걸린 시계를 보니 2시 20분. 8시에 수술을 시작했으니 6시간이 넘게 수술을 했다면… 아, 뭔가 잘못됐구나. 그 와중에도 나는 간호사에게 묻는다. "왜 시간이 이렇게 걸린 거죠?" 나가면 설명해 줄 거란다. 대개는 "잘됐대." 이러는 건데 "수고했다."라고만 한다. 7시 20분부터 대기했으니 7시간 마취 상태로 누워 있어서인지 수술한 배보다 등이 더 아프다. 내가 상상했던 것보다 훨씬 더 아프다. 물을 못 먹게 하니 혀는 샌드페이퍼 같다. 너무 힘들다. 밤새 당연히 통증으로 잠이 들 수가 없다. 간병하는 아내에게 짜증을 낸다. 인숙이가 오늘도 왔다. 2년 전 대전 성모병원에서 맹장 수술한 대장 부위가 협착이 돼서 출혈을 잡는 데 시간이 많이 걸렸단다. 어떤 상황인지는 접수가 안 된다. 가족들이 수술 중 다 불려가서 설명을 들었단다.

2018/12/22 토요일

입원 4일째

100m 걷는 것도 힘이 든다. 운동 시간을 정해서 4번 돌았는데도 돌 때마다 진땀이 난다. 영현이 엄마가 다녀갔다. 아내와 둘이 카페라도 가서 대화를 나누고 오랬더니 두어 시간, 저녁 먹는다고 한 시간, 그러고도 미진한지 배웅하러 나가서도 대화가 길어지는 모양이다. 토막토막 끊어진 잠을 자기는 했지만 그나마 조금 잘 수 있었다. 별다른 치료는 없다. 여러 수액 주머니들이 무슨 치료를 하는 것이겠지. 체온과 혈압을 주기적으로 체크한다. 누워 있는 것이 이렇게 힘들다니. 눕는 자세를 이리저리 바꿔 보지만 힘들기는 마찬가지.

2018/12/23 일요일

입원 5일째

새벽 엑스레이 찍으러 걸어갔다 오는 짧은 거리도 무리가 되는지 이마에 송글 땀이 맺힌다. 운동이라야 200m 남짓을 이동 기구에 의지해서 아주 천천히 천천히 걷는 건데도 숨이 찬다. 힘에 부치는지 침대에 누우면 잠깐 잠이 든다. 체온이 거의 39℃ 근처를 오르내리기를 반복한다. 자는 둥 마는 둥 밤새 수면 자세를 바꿔 본다.

표 서방네 가족과 영길이, 영찬이가 다녀갔다. 아내 친구 경수도 잠든 새 다녀갔단다.

2018/12/24 월요일

입원 6일째, 크리스마스이브

간병에 지친 아내는 좁은 간이침대에서 몸을 구부리고 아마도 선잠이 들었고, 나는 잠들지 못하고 있다. 배가 고파서다. 입원한 날부터 금식에 수술하고는 물 마시는 것도 안 된다. 오늘은 잠잘 시간에 맞춰서 적당히 운동도 하고 통증이 있다며 진통제도 받았는데 내 바람과 반대로 잠들지 못한다. 나는 배고프다. 그러나 당분간 오늘 문안 온 연신이의 표현대로 나는 신선처럼 이슬만 먹고 살아야 할 것이다. 나는 이제 동물처럼 먹기 위해 사는 게 아니라, 고매한 인격체로서 최소한의 식탐으로 살기 위해 먹게 될 것이다. 이런 은총을 주신 이에게, 메리 크리스마스!

2018/12/25 화요일

입원 7일째

운동하랴, 문병객 맞으랴 바쁘게 하루가 간다.

한우물 친구들(덕균, 원병, 인범, 진성, 태경)이 점심때, 바로 이어서 작은 형님 내외가 다녀가셨다. 저녁때는 문안 왔다 가는 류근종 선배 내외를 배웅하고 오다가 병유 내외를 복도에서 만나 운동 코스를 같이 걸으면서 이야기를 나눴다. 병유는 9월에 위암 수술을 했단다. 그 중간에 영현이 엄마도 방문했다. 대전서 올라온 영준이는 대화를 나눌 시간조차 없이 다시 내려갔다. 총각 회원들에게만 안 알린 것 같아 카톡을 보내니 그 소식이 고등학교 동창 단체 카톡방으로 금방 번진다.

환자복도 입었고 이불을 2겹 덮었는데도 배 쪽이 서늘하고 허전하게 느껴진다. 가끔 옷이 걷힌 것처럼 느껴져 손으로 허전한 배를 쓰다듬어 보고는 한다. '무위도식', 위도 없는 자가 먹고 놀기만 하게 생겼다.

2018/12/26 수요일

입원 8일째

수술받은 날, 혀는 타들어 가는데 물은 안 된다고 해서 '나사로를 보내어 그 손가락 끝에 물을 찍어 내 혀를 서늘하게 하소서(누가16장)'를 생각하며 물만이라도 마음대로 먹을 수만 있다면 얼마나 행복할까 생각했다. 그 행복이 오늘 찾아왔다. 적응을 고려해서 컵에 5cc를 놓고 감사기도를 하고 입안에 휘돌려 물을 넘기는데, 달다. 그런데 행복보다는 당연한 치료 순서 정도로 받아들이는 나를 발견한다. 저를 불쌍히 여기소서. 암 진단을 받고는 먹고 마시고 즐기는 저 소소한 일상에 내가 다시 편입될 수 없을 것 같아 두려웠는데 그 일상의 귀퉁이에 불안한 마음으로 살짝 발을 얹어 본다. 오늘은 병헌이가 다녀갔다.

2018/12/27 목요일

입원 9일째

음식을 먹게 됐다.

미음, 3분 죽, 5분 죽….

원샷 하기도 부족한 양을 30분 정도 천천히 씹히는 것도 없는데 씹어서 먹는다.

아마도 이 고난의 행군을 평생 해야 될 게다.

30분 식사, 20분 기댄 자세로 휴식, 20분 정도 걷기 운동.

1끼를 두 번 나누어 먹고, 하루에 6끼를 먹어야 하니 먹기로 종일을 보낸다.

덕분에 12번 식사기도를 하게 된다.

종일 먹기프로그램 수행에 바쁘다.

오전에는 영헌 내외와 민지, 연신이가 다녀갔고 오후에는 교회 식구들이 대전서 왔다.

목사, 부목사, 전도사

김창재, 조남례, 박성자, 이옥규, 문미송, 연영호.

저녁엔 영주 처제가 왔다.

2018/12/28 금요일

입원 10일째

긴장하고 기다렸는데 의사는 마치 대수롭지 않은 걸 알려 주듯 회진을 마치고 나가려다가 뒤돌아서서는 "항암치료는 안 해도 되겠습니다. 1기 B입니다."라고 했다. 다행이다. 그나마 다행이다. 월요일쯤 퇴원하게 된단다. 올해가 가기 전 집에 갈 수 있겠구나. 종일 어제와 마찬가지로 죽 한 그릇 먹고 잠시 기대어 쉬고 운동하고 다시 죽 먹고를 반복했다. 오늘은 모처럼 방문객이 없다. 9시가 다 돼서야 영현이 엄마가 왔다.

2018/12/29 토요일

입원 11일째

실밥도 뽑고, 피 주머니도 떼었다. 맨 상처가 끔찍하다.

영양수액도 곧 제거하면 입원의 상징인 호스로부터 자유로워진다. 모레가 아니라 내일 퇴원하란다. 아침부터 죽이 나온다. 이게 위 제거 환자 적응용 반찬일까 싶게 여느 것과 같다. 시금치 무침, 닭가슴살, 오이무침. 아내의 제지에도 시금치를 널름 먹었더니 조심하지 않는 내가 심히 못마땅한가 보다. 앞으로 심심치 않게 보일 풍경이다.

고등학교 동창이자 처사촌오빠 영돈이, 초중고동창 승현이 내외, 영빈이 사돈 내외가 다녀갔다. 문병 가도 되겠느냐 환자에게 묻는 것은 어리석은 질문이다.

퇴원

일이삼공 하산유감[1)]

열이틀 동안 아내는 제 발을 아침저녁으로 씻겨 줬습니다. 예수님도 허물 많은 열두 제자의 발을 씻기셨습니다. 큰형님 말씀하시길 "마누라가 발 씻겨 줄 때가 제일 기분이 좋다."라고 하셨습니다. 겨울인지 여름인지 구분 못 하는 자는 헤벌쭉 웃습니다.

저는 평소 하루 3번 기도를 했습니다. 식사기도입니다. 그런데 어제는 열두 번 기도를 했습니다. 아침 먹고 간식, 점심 먹고 간식, 저녁을 먹고 야식, 곱하기 2는 12. 무위자 적응 훈련을 위해 한 끼를 두 번으로 나누어 먹습니다. 신선께서 하시는 식이요법, 즉 무위도식입니다.

제 왼편 옆구리에 창 자국이 났습니다. 예수님은 오른쪽 옆구리였습니다. 의심 많은 도마에게 "보지 않고 믿는 자가 복되다."라고 하셨습니다. 찔리면 반드시 아픕니다. 찔리지 말고 잘 피하시기 바랍니다. 그런데 글쎄 제가 하필 도마동에 삽니다.

---

1) 12월 30일 퇴원했다는 말

살려는 욕망으로만 날갯짓을 한다면

새는 절대로

출구를 찾지 못하리라

한번쯤은 죽음도 생각한다면

- 조은, 「한번쯤은 죽음을」 중에서

Part 3

살기 위해 걷는다

- 운동과 휴식

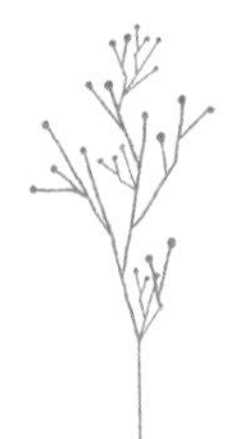

2018/12/31 월요일

하나가 모두를 삼킨다

동네 친구들과 일본 여행도 다녀왔고, 가족끼리 유럽 여행도 다녀왔고, 영빈이는 대학교수가 되었다.

소영이 처제도 갑자기 죽고, 장인어른은 뇌졸중으로 쓰러지셔서 벌써 몇 달째 입원해 계시다. 순태는 심근경색으로 쓰러졌지만 기적적으로 후유증 없이 소생했다.

그러나 암이란 커다랗고 개인적인 이슈가 모든 것을 한꺼번에 덮어 버리며 2018년이 마감된다. 이게 다 인간사에 특별한 일들이 아닌 일상사다.

인숙이가 죽을 쑤어 왔다. 어젯밤 늦게도 수태와 같이 왔었다. 수태, 인숙이, 나, 셋 다 암을 앓았거나 앓고 있는 중이다. 동병상련. 오후에 수술 부위 드레싱을 하러 나갔다가 가게에도 잠깐 들렀다.

2019/01/01 화요일

〈완벽한 타인〉

롯데시네마에서 아내와 영준이랑 같이 봤다. 나는 괜찮던데 나머지 두 관객의 취향은 아닌가 보다.

때도 없이 쑤시고 기대어 있기도 불편하다. 너무 소파에만 기대어 지내는 것 같아 자진해서 청소기를 돌렸더니 그 작은 운동도 부담이 된다. 우울한 2019년의 시작이다. 아마도 더 힘든 과정들이 기다리고 있을 게다. 몸이 원하는 것, 즉 본능과 갈피를 잡지 못하는 이성이 혼란스럽게 뒤섞인다. 먹는 게 가장 지난한 과제다. 여러 번 나눠서 먹으라는데 먹는 것도 힘에 부친다. 오늘 밤잠이라도 푹 잤으면 좋으련만 퇴원하고 돌아온 지난 이틀간 잠자리가 편치 않았다. 힘들다. 이걸 이겨 내야지 하는 그런 생각도 없다. 불편함이 줄어들기를 바랄 뿐.

2019/01/02 수요일

밖에 두 번 나가서 배재대 운동장을 4바퀴씩 돌았다

추운 날씨인데도 땀이 난다. 진땀일 게다. 나머지 시간은 먹고 소파에 기대어 쉬는 게 일과의 전부다. 아내는 종일 내가 먹을 음식을 준비하느라 쉴 틈이 없다. 가끔 어깨가 불편하다 하면 주물러 주기도 해야 한다. 인숙이가 또 죽을 만들어 왔다. 식욕이 없다. 아내의 채근에 마지못해 식탁에 앉는다. 죽을 먹기 시작한 후 배변이 비교적 정상적으로 있어 그나마 다행이다. 어젯밤도 왼쪽 횡격막 부분이 아파서 많은 시간을 뒤척여야 했다. 번뇌의 밤이다. 얼른 회복해서 무엇을 도모하겠다는 의지가 부족한 게 아니라 거의 없다.

2019/01/03 목요일

엊저녁 수술 후 제일 양호한 수면이었다

물론 완벽한 수준에 미치지는 못하지만. 4시 반까지 자고 2시간 정도 깨어 있다가 6시 반부터 2시간 정도 다시 잠을 잤다. 오늘 낮에는 쪽잠을 두어 번 잤다. 산책을 25분 정도 했다. 살살 걷는데도 숨이 찬다. 인숙이 차를 타고 대전의원에 가서 피 주머니가 달려 있던 두 곳 실밥도 마저 뽑았다. 진료비 800원. 왼쪽 횡격막 쪽 통증도 어제 오후부터 거의 없어졌다. 이젠 식욕이 없어 부실하게 먹다 보니 체력이 뚝 떨어진 느낌이 든다. 나간 김에 가게에 들러서 세금 관련해서 현황을 파악해 봤다. 오늘도 인숙이는 새우죽을 만들어 왔다.

2019/01/04 금요일

여러 번 먹고 소파와 한 몸이 되어

TV 채널을 이리저리 돌리는 게 일과의 전부다. 30분 정도 배재대 운동장을 돈 게 운동의 전부다. 식욕이 없다는 건 의욕이 없다는 얘기. 강 서방과 난영 처제가 다녀갔다. 인숙이 말대로 문병 오지 말라 하면서도 내심은 기다리고 있었는가 보다. 오늘도 여전히 인숙이가 사과를 사 들고 왔다. 어머니와 점심을 같이 하고 왔단다. 오늘은 인숙이에게 기사를 시켜서 문화동 처가를 다녀왔다. 집은 깨끗하게 리모델링했는데 장모님은 허리뼈가 골절되어 제대로 거동을 못 하신다. 늙고 병들고, 이미 시작된 불편한 미래다. 한밭도서관에 들러 책 3권 빌려 왔다.

2019/01/05 토요일

섣불리 위로하지 마라

둔산동 '애슐리'에서 한우물 친구들 모임이 있어 망설이다 잠깐 들러서 수프만 조금 먹고 일찍 일어섰다. 병화가 2년 전 암 수술을 했고, 지난 9월에는 병유가, 그리고 내가 12월에 수술을 했다. 다들 어떻게 하냐고 걱정이라도 하는데 병화나 병유는 정작 어떤 조언이나 위로도 하지 않는다. 나도 그럴 것이다.

덕균, 병유, 병화, 영국, 인범, 종배, 진성, 태경, 태철.

오늘도 인숙이가 와서 상처 소독하는 데 데려다주고 동네 모임에도 차를 태워 줬다. 점차 통증도 사라지고 죽이지만 여러 차례 나누어 먹는데도 열량이 부족한지 일어서거나 걸을 때 약간 현기증이 난다.

유만근, 배정현, 김정일과 통화. 김희정, 김선애와는 톡.

2019/01/06 일요일

1부 예배를 드렸다

약간 불편함이 느껴지긴 했지만 크게 힘들지 않았다. 다들 반갑게 맞아 준다. 벌써 나왔나 놀라기도 하고 더러는 걱정스러운 눈길로 바라보기도 한다.

4시경 배재대 운동장 6바퀴를 돌았다. 오래 앉아 있다 일어서면 약간 현기증이 느껴진다.

2019/01/07 월요일

그래도 의사를 믿을 수밖에 없다

대○의원에 들러서 수술 상처, 정확히 표현하면 피 주머니 호스를 달았던 자리를 소독하고 거즈를 갈아 붙였다. 진료비가 800원이다. 얼핏 진료비가 적어 보이지만 의료보험공단에 16,000원이 지급될 것이다. 치료 자체는 상처에 소독약 슥 발라 주고 반창고 붙여 주는, 글쎄 2~3분 걸렸을까? 모레 또 오란다. 2년 전 맹장 수술을 했을 때는 아예 소독약 처방을 해 줬었다. 인범이는 의사의 말을 절대적으로 신뢰하면 안 된다 했지만 그래도 그러기가 쉽지 않은 일이다. 이번 암 진단을 받고 수술하고 치료받는 과정에서 의사들에 대한 불신이 매우 커졌다. 2년 전 대○병원에서 건강검진 시 발견할 수 있었는데 의사의 부주의 또는 성의 부족으로 암을 2년 동안이나 키운 걸 생각하면 화가 난다. 물론 일부러 그러지는 않았겠지만 생명에 관한 일이 아닌가. 이번 수술 과정에서 장유착이 있어 수술 시간이 2시간이나 더 걸렸는데 2년 전 맹장 수술로 인한 거란다. 서울대 의사도 그럴 수 있다고 그러지만 동업자들의 자기 보호 변명으로 들린다. 원망하지 말아야지, 이 정도로 된 것만도 감사한 일이지 하면서도 가끔 화가 난다. 수술 후 딱 한 번 눈물이 났는데, 오진으로 태어나기도 전에 죽은 두 아이가 생각나서 울었다. 그게 맹장 수술을 한 대전○모병원이라 화가 나서 그랬다. 영빈이가 기흉 수술을 했을 때도 두 세 차례 재수술을 한 것도 의료사고가 아니었을까 의심을 하게 된다. 여기도 대전○모병원이다. 하기는 2년 전 오늘 진료받은 대전○의원에서 맹장염인 나에게 겔퍼스를 처방해 줬으니 블랙 코미디가 따로 없다. 그러함에도 오늘 나는 대전○의원에서 치료를 받았고 앞으로도 그럴 것이다. 오늘도 인숙이가 운전기사를 해 줬고 가게에 들러 판매 현황을 정리하고 세금 관계도 살펴봤다. 장모님이 우리 병원에서 허리뼈 금 간 곳을 강력한 접착제로 붙이는 시술을 받으셨다. 이런 여러 불만과 합리적 의심에 불구하고 내가 그나마 숨 쉬고 있는 것은 의사 선생님 덕분인 것은 너무도 분명한, 부인할 수 없는 사실이다.[2)]

---

2) 병원명은 혹시 모를 분쟁거리를 제공할까 봐 아쉽지만 ○○으로 처리했다.

2019/01/08 화요일

빚지다

점심 즈음엔 김영균 국장과 이순자 집사 부부가 문병을 왔고 오후 5시경에는 일태 부부가 오리탕과 찰밥을 해 왔고, 영빈 부부도 아내 생일이라 서울서 내려왔다. 옆구리를 찔렀다. 퇴근하면서 들른다며 권의형 국장과 이석철 지부장도 문병을 왔다. 인숙이는 거의 매일 온다. 오늘도 아내 생일이라며 아내와 둘이 나가서 점심을 먹고 들어왔다. 59번째 생일. 방문도 빚인데 위문금도 주고 간다. 여러 분이 450만 원 주셨다. 빚이다. 갚기 위해서라도 잘 회복해야겠지.

영빈이가 TV 모니터에서 영화를 볼 수 있게 '넷플릭스'를 설치해 줬다. 기념으로 〈포레스트 검프〉를 봤다. 요 며칠 여러 편의 영화를 본다. 〈글래디에이터〉, 〈고령화 사회〉, 〈로마의 휴일〉. 이미 봤던 영화인데 마치 처음 보는 것 같은 장면들이 많다.

두 번 나가서 운동장을 빙빙 돌았다. 도솔산도 버거운 늙고 병든 노인들이 여럿이 힘겹게 돈다. 나도 그중 하나다.

황정환x 황점자김미정vi 한우물친구2x 큰형님네3x 큰처제5x 총각회x 처가3x 차귀금x 주일학교iii 조용희v 조남례iii 정영돈2x 작은처제2x 이희숙v 이은창v 이용봉v 이석철권의형2x 이경수x 영길영찬2x 안진호x 사돈5x 박은실조영헌x 박성자v 박만용v 목사x 류근종x 두병유v 김창재x 김정태x 김영균이순자x 김연신염진희x 김승헌x 김미숙iii 김길수iii 교회x 관리그룹v 강재석문미송iii 52회동창회3x 1남전도회v[3)]

3) 세 분이 고인이 되셨다.

덤핑 현상

엊그제는 밥을 먹다가 갑자기 가슴이 답답해져 한동안 기대어 있었다. 오늘은 11시경 앉아서 쉬고 있는데 온몸이, 특히 팔이 나른해지고 이마에 땀이 난다. 어제는 밥을 먹고 바로 산책을 나갔더니 왼쪽 아랫배 쪽이 뭉치면서 아프다. 앉았다 일어서면 현기증이 난다. 혀와 목구멍 쪽도 뭔가 불편하다. 이런 여러 증세에도 불구하고 회복되는 것도 느껴진다. 운동량을 채우려고 1층에서 11층까지 계단으로 걸어 올라왔다. 한 번도 많이 힘들었는데 오늘은 연거푸 2번을 걸어 올라왔다. 오늘도 역시 인숙이가 대전의원에 데려다줘서 드레싱을 다시 했다. 가게에 아주 잠깐 들렀다. 오늘은 1시가 다 되기까지 영화 〈안나 카레니나〉를 봤다. 장인어른은 보훈병원에서 대전한방병원으로, 장모님은 우리 병원에서 연합의원으로 각각 옮겨서 입원했다. 강 서방이 연차를 내고 동분서주했단다.

2019/01/10 목요일

수술 후 첫 샤워를 했다

3주 만이다. 불완전하나마 일상으로 복귀하는 과정이다. 한밭도서관에 가서 책을 반납하고 빌려왔다. 이것도 일상이었다. 운동량이 부족한 듯해서 청소기를 돌렸다. 이것도 가끔이지만 일상이었는데….

장인어른이 입원한 대전한방병원과 장모님이 입원한 연합정형외과에 문병을 다녀왔다. 병든 자들끼리 서로를 걱정하고 위로했다. 오늘도 역시 인숙이가 운전기사다.

2019/01/11 금요일

병자끼리

순태와 1시간 정도 통화했다. 깨어났을 때 엄청 흥분했었다고 했다. 나는? 심한 통증과 수술 시간이 많이 걸린 것에 대한 공포로 정신이 없었다. 시간이 조금 지나서는 불편하게 지낼 수밖에 없음이 우울하고 갑갑했다.

총각회 모임[4]이 있었다. 죽만 조금 먹는 시늉을 하고 그간의 투병생활을 얘기하고는 바로 일어섰다. 정환이가 기사를 해 줬다. 황정환, 이근섭, 송예근, 윤창용, 김성용, 이장영, 유천균, 나.

저녁에 수태가 잠옷을 사 가지고 왔다. 인숙이는 매일 우리 집으로 출근을 한다.

4) 1980년 시작한 우체국 동료 모임, 그때는 모두 총각이었다.

2019/01/12 토요일

한우물로 어머님을 뵈러 갔다

어머님은 마침 잘 왔다며 지난번 추석 때 벌집 때문에 전지 못 했던 것을 하라신다. 내 몸 상태를 전혀 모르시는 어머니. 공연히 눈물이 난다. 전지가위를 들고 나선다. 영길이가 와 있어서 전지 작업은 영길이와 인숙이가 했지만 말이다.

₩2019/01/13 일요일

설사했다

1부 예배를 드리러 갔는데 배도 아프고 몸도 불편했다. 그동안 정상적인 배변이 되었는데 약간 설사도 했다. 아침 먹고 바로 움직여서 그런가 보다. 조심조심 살아야 겨우 지탱할 수 있겠지. 점심시간에 관리 그룹원들이 문병을 왔다. 찬송은 겨우 입만 벙긋해야 하고 말을 길게 하면 피곤함이 느껴진다. 4시경 50분 정도 배재대 운동장을 산책했다. 〈죽은 시인의 사회〉, 〈헬프〉, 〈어톤먼트〉를 봤다. 황석영의 『손님』을 읽었다. 끔찍하고 불편했다. 아버지 생각이 났다. 김명호의 『중국인 이야기』도 읽고 있다.

2019/01/14 월요일

퇴원 후 두 주가 지났다

서울대 병원에 진료받으러 갔다. 지난 30일 퇴원했으니 2주 만이다. 진료받기 전 혈액검사를 하고 엑스레이를 찍었다. 특별한 소견은 없단다. 염증수치도, 빈혈수치도 괜찮단다. 의사는 바쁘다. 자료는 제대로 살펴보는지 모르겠다. 영양상담도 했다. 비교적 잘 관리하고 있단다. 영빈이가 같이 했다. 엊그제 약간의 설사와 진료를 위한 금식으로 몸무게가 500g은 빠졌다. 〈미드나잇 인 파리〉를 봤다. 엊그제는 프랑스판 〈완벽한 타인〉인 〈위험한 만찬〉을 봤다. 원작은 이탈리아 영화 〈Perfect Strangers〉란다.

2019/01/15 화요일

오늘도 아내는 내 환자식을 만드느라 주방에서 대부분의 시간을 보낸다

낮잠도 자고 종일 쉬다가 부가가치세 신고를 세무사무소에 위탁하려 전화로 해결하려 했더니 잘 안 돼서 가게를 나갔다 왔다. 한 달여 가게도 안 나가고 공사 간 모든 전화도 완전히 영광이에게 돌려놓아서인지 사업에 대한 애착이 많이 줄어든 것 같다. 오늘도 갑자기 가게를 나가게 됐지만 급히 인숙이를 기사처럼 불렀다. 〈위대한 개츠비〉, 〈부다페스트 호텔〉을 넷플릭스로 봤다. 왜 개츠비가 위대한지 이해가 안 됐고, 부다페스트는 새벽 1시까지 2번을 거푸 봤다. 거의 없었던 일이다.

2019/01/16 수요일

산소에 다녀왔다

오후에 인숙이 차로 오늘은 양정산소에 다녀왔다. 며칠 미세먼지로 온통 뿌옜는데 오늘은 다행히 파란 하늘이 보인다. 오늘도 역시 먹고 쉬고 잠깐 운동도 하며 하루를 보낸다. 영화도 보고 책도 읽었다. 오늘부터 진밥을 먹기 시작했는데 그것 바꿨다고 저녁은 약간 부담이 됐다. 아직 한 달이 채 안 됐으니 어쩌면 당연한 현상인지도 모르겠다.

2019/01/17 목요일

된밥을 먹기 시작했다

약간 늦은 아침을 먹고 1시간 정도 자고, 40분 정도 산책하고, 한밭도서관에 책 반납하고 빌려오고, 영화 보고 책 읽고 나머지 시간은 주로 식사 시간이다. 1끼를 먹는데 40분 정도. 오늘부터 된밥을 먹는다. 이제 피딱지가 다 떨어졌다.

2019/01/18 금요일

또 다른 일상

아내와 인숙이가 안영동 하나로마트에서 쇼핑하는 사이에 유등천을 산책했다. 더 춥고 덜 춥고 그런 것보다 올겨울은 미세먼지를 더 비중 있게 보도한다. 마트가 있는 안영교 부근까지 30분 정도 걸었는데 몸에 무리가 되는 느낌이 와 서둘러 산책을 끝냈다. 회복에 많은 시간이 필요할 듯하다. 그나마 온전히 회복되는 것도 아니겠지. 공연히 한숨. 오늘도 책 읽고 영화 보고 밥 먹고를 반복한다. 또 다른 일상.

2019/01/19 토요일

종일 밥 먹고, 영화 보고, 책을 읽으며

뒹굴거리다가, 아니 주로 소파와 일심동체가 되어 지내다가 5시 반경 배재대 운동장을 30분 정도 아내와 산책했다. 밥으로 바꿔서인지 왠지 속이 불편한 듯하다. 당연한 과정이겠지. 아내는 오늘도 나를 먹이기 위해 대부분의 시간을 주방에서 보낸다.

1982년 결혼하던 해

나는 해고당할 일을 저질렀다. 창구에 접수된 요금 별납 우편 요금에 대해 가짜 영수증을 발행해 주고 그 돈으로 직원들과 회식을 했다. 그 당시 나는 창구 주임이라 전반적 업무를 주관하고 있었고 창구 직원이 그리하자 했고 나도 동의했다. 일이 꼬이려는지 우편 자루에 담아서 발송 부서에 인계했는데 며칠 뒤 배달이 전혀 안 되었다는 신고가 들어왔고 확인해 보니 그 우편물만 통째로 사라졌다. 감사 부서에서 조사하면 금방 드러날 것이고 그렇게 되면 '공금 횡령'이었다. 나는 파면될 것이 뻔했고, 받아들일 준비를 하고 있었다. 40년 근무를 할 팔자였는지 그 우편물 발송 부서에 근무하던 친구의 도움으로 그 우편 자루가 엉뚱한 곳-폐기 전보 발신지 보관 창고-으로 가 있는 것이 발견되어 다행히 상황이 수습되었다. 오늘 <말모이>에서도 없어졌던 우리말 사전 자료가 우편 자루 밑에서 발견되는 장면을 보며, 아득한 36년 전 그 사건 생각이 났다.

1부 예배를 다녀와서 낮잠 자고 일어나 롯데시네마에서 <말모이>를 봤다. 오는 길에 대전한방병원에 장인 문병을 다녀왔다. 오늘이 장모님 기일이다. 아내와 둘이서 추모예배를 드렸다.

장모님,

가고 또 오는 세월이 벌써 55년이 지났습니다. 돌아가신 그날이 겨울이었던 것처럼 오늘도 겨울이고 또 춥습니다. 흙으로 왔으므로 흙으로 돌아가는 게 자연스러운 이치이고 이를 거역할 사람은 아무도 없음을 알지만 오늘도 다시 생각해 봐도 어머님의 삶은 너무 짧았습니다. 지난 한 해 여러 슬픈 일도 있었고 즐겁고 행복한 일도 있었습니다. 감당하기 힘든 일도 더러 있었지만 다 섭리라 생각하며 받아들이고 견디고 있습니다. 오늘 55주기를 맞아 다시금 어머님을 생각하며 실로 빛이 아름다운 것이라 여기고 아끼며 살아가도록 하겠습니다. 사위 김성태 올립니다.

2019/01/21 월요일

삼식이가 됐다

결혼한 이래 이렇게 종일 집안에서 같이 지낸 건 처음이다. 종일 아내는 나를 챙기느라 정신이 없다. 역시 오늘도 인숙이가 왔다. 거의 매일 출근을 한다. 먹고 쉬고 약간 운동을 하고 책 읽고 영화 보는 일과는 당분간 계속되겠지.

2주 동안 본 영화

〈센스 앤 센서빌리티〉, 〈죽은 시인의 사회〉, 〈휴고〉, 〈오만과 편견〉, 〈로마〉, 〈어톤먼트〉, 〈로마의 휴일〉, 〈안나 카레니나〉, 〈작은 아씨들〉, 〈헬프〉,

〈펜스〉, 〈그랜드 부다페스트 호텔〉, 〈위험한 만찬〉, 〈골든 에이지〉, 〈포레스트 검프〉, 〈옥자〉, 〈미드나잇 인 파리〉, 〈더 마이어로위치 스토리즈〉, 〈카우보이의 노래〉, 〈어린왕자〉, 〈머니볼〉, 〈심야식당〉

2019/01/22 화요일

푹 잤다

12시까지 영화 〈휴고〉를 보고 7시까지 한 달여 만에 푹 잤다.

오전에는 변비 수준이라 겨우 배변을 했는데 오후는 설사를 해서 컨디션이 뚝 떨어진다. 관리상 '설사'는 중요 체크 포인트라 아내와 이런저런 원인을 찾아본다. 오랜만에 돼지고기 다진 걸 먹었었지. 아니, 토마토 갈아서 먹은 게 원인일 수도 있어. 나도 살살 배가 아팠거든. 인숙이가 와서는 어제 빵 먹은 게 안 좋았나 그런다. 내가 어느 정도 적응이 됐다고 식사 속도가 너무 빨랐나. 10여 년 전 어깨가 아플 때도 이 병원 저 병원 다니다 보니 어느 치료가 효과가 있었는지 알 수 없었던 것과 비슷하다.

어제 아내 친구 정희의 역할과 마찬가지로 오늘은 인숙이가 아내와 계룡으로 차 마시러 다녀왔다. 아내 위로 차원이다. 5시경 순태와 1시간 넘게 통화를 했다. 도대체 무슨 얘기를 나눴는지 녹취록을 일부 작성해 봤다.

저녁때 아내와 〈빨간 머리 앤〉을 보는데 "작년에 많은 일이 있었지.”라는 대사가 나온다. 아내가 “우리도 참 많은 일이 있었지.” 그러는데 어김없이 살짝 눈물이 고인다.

2019/01/23 수요일

어제 설사 탓인지 컨디션이 좋지 않다

몸무게가 1kg은 준 것 같다. 나보다 긴장한 아내가 식사를 다시 이전 단계, 즉 죽으로 돌린다. 등도 아프고 왼쪽 배 아래쪽도 아프다. 종일 〈빨간 머리 앤〉 여러 회차를 봤다. 등 쪽 아픈 것에 기여한 듯하다. 저녁때 아내와 산책을 하고 나서는 약간 회복된 듯하다.

저녁 늦게 인숙이와 은숙이가 다녀갔다. 둘이서 서천 국립생태원을 다녀오는 길이란다.

2019/01/24 목요일

〈빨간 머리 앤〉

2부 17회차를 사흘 정도에 다 봤다. 3부도 곧 넷플릭스에 올라온단다. 넋을 빼고 드라마를 본다고 코웃음을 쳤었는데 다음 편을 기대하게 된다.

택시 타고 가게에 나갔다. 공과금, 부가세, 공인인증서 갱신을 했다. 하나은행 역전 지점에 가서는 1시간 정도 기다려서 겨우 무여백 통장 재발행을 해 가지고 왔다. 대부분의 업무가 자동화되니 은행은 점포 수를 줄이고, 자연 대기 시간은 길어지는 것 같다. 아무도 신기하게 불만을 나타내지 않는다. 영광이 180만 원, 일태 220만 원 월급을 지급했다. 영광이가 865포를 판 장부 사진을 보내왔다. 가게 일이 심드렁해진다. 아니, 우선순위서 한참 밀린다.

2019/01/25 금요일

수술 후 첫 외식

점심을 관저동 '화요옥'에 가서 유부초밥 2쪽과 만두 1.5개를 먹었다. 수술하고 첫 외식이다. 조심해서 식사해야 된다는 강박에 맛을 느낄 여유도 없다. 하기는 집에서도 마찬가지다. 치료약을 먹듯 음식을 먹는다. 살기 위해서. 쓸쓸하다. 소파에 기대 있다가 일어서면 어지럽다. 제대로 먹지 못하니.

2019/01/26 토요일

아픈 사람만 보인다

머리를 깎으러 내동에 있는 국민학교 동창인 병희 이발소에 걸어서 다녀왔다. 쌀쌀하다. 수술하고서 제일 많이 걸었다. 70분, 8,700여 걸음. 병희도 지난 10월에 허리 수술을 했단다. 골수 이식을 받았던 김영만 선배는 모친상을 치르다 쓰러져 입원했단다. 엊그제 박완규 국장과 통화했다. 작년 가을 위출혈로 치료를 받았단다. 너무 고통스러워 차라리 죽었으면 했단다. 내가 아프니 아픈 사람만 보이고, 아픈 사연만 들린다.

2019/01/27 일요일

하루의 시작과 끝은 계체다

몸무게 달기. 기상 60.7kg, 자기 전 61.7kg. 수술 전보다 7kg 정도 줄었다.[5] 1부 예배를 다녀온 후 소파에서 대부분의 시간을 보낸다. 오늘은 그 대부분의 시간에 영화를 봤다. 〈맨체스터 바이 더 씨〉, 〈마이 리틀 선샤인〉 〈당갈〉, 〈페어웰, 마이 퀸〉 외에도 〈어톤먼트〉를 다시 봤다. 볼 영화를 고르느라 일부분씩 여러 편 보게 된다.

2019/01/28 월요일

걸어야 산다

2시쯤 용문동 영헌네 가게까지 걸어서 갔다. 6㎞, 60분, 8천 걸음. 실외 기온이 6℃라 해서 가벼운 차림을 했는데 바람이 차갑다. 아직 겨울이다. 주로 실내에서 지내다 보니 감이 떨어진다. 반갑게 맞아준다. 아직 제대로 먹지도 못하는데 내 모습이 비교적 멀쩡해 보이는가 보다. 아직 멀었단다. 돌아올 땐 택시를 탔다.

아내는 점심때는 환금회 모임, 저녁에는 건양대 장례식장에 문상-이광연장로 소천-을 가서 혼자서 밥을 먹었다.

〈사울의 아들〉은 초반부만 봤다. 끔찍해서 보기가 거북했다. 대

5) 이건 시작에 불과했다. 몸무게가 계속 줄어서 53kg까지 내려갔다.

신에 가벼운 <로마 위드 러브>를 봤다. 우디 앨런 작품답다. 영빈이가 권한 다큐성 영화 <신포도>도 봤다. 예술 작품 경매도 유사하리. 로알드 달의 『맛』이 얼른 떠오른다.

올겨울도 우드펠릿 공급이 춤을 춘다. 국산에 이어 수입산도 불안정하게 움직인다.

2019/01/31 목요일

컨디션이 썩 좋지도,
그렇다고 아주 나쁘지도 않다

월말이다. 결산을 이유로 가게에 나갔다. 전년과 판매량은 비슷하다. 사업 비용과 개인 비용이 구분이 제대로 안 돼서 마이너스인지 플러스인지 판단이 안 된다. 처제 관련 비용, 내 병원비 등등. 영광이가 내가 기대했던 것보다 가게 운영을 잘한다. 영광이가 운전하는 내 차로 같이 퇴근을 하는데 운전은 한 달 한 것치고는 너무 능숙하다. 우리가 아니, 기성세대가 젊은이들을 걱정하고는 하는데 대부분은 노파심 또는 기우다.

허벌랭이. 대학교수인 아들을 지칭하기는 지극히 부적절한 표현이지만 아내와 나는 가끔 영빈이를 이렇게 표현하고는 한다. 단톡방에 영준이가 아버지가 대하소설을 읽는 게 어떻겠냐 하니 영빈이가 『삼국지』 1질 10권을 보내왔다. 허벌랭이.

영화 〈디센던트〉. 바람피운 남편을 대신해 임종을 앞둔 그 여자에게 내 남편을 가로채려 한 당신을 용서한다고 울면서 말하는데 뻥하게 바라보는 그 남편의 표정이 난감하다.

2019/01/29 화요일

밥을 먹고는 비스듬히 누워 있어야 한다

음식물이 급하게 장으로 내려가면 안 된다. 위가 없기 때문이다. 배도 따뜻하게 유지해야 된다. 찜질돌도 끼고 있는다. 그 상태로 TV로 뉴스나 영화를 본다. 밥 먹고 바로 비스듬히 소파에 기대어 찜질기를 배에 올려놓고 있으면 대부분 잠이 든다. 오늘도 잠 깨 보니 11시가 넘었다. 의무적 간식을 먹는다. 요구르트와 사과, 배. 영빈이가 추천한 영화를 본다. 〈월터의 상상은 현실이 된다〉. 판타지성 영화를 선호하지 않는다. 그래도 아들의 추천한 성의를 생각하며 성의껏 감상한다. 금방 점심 먹을 시간이다. 아내 말대로 내게 지금 제일 중요한 일, 아니 사명은 밥을 '잘' 먹는 '일'이다. 기대어 또 영화를 본다. 〈더 데스크〉. 요즘 내가 먹는 반찬처럼 심심하고 싱겁다. 탁자와 의자 2개가 세트의 전부. 지금껏 움직인 동선의 폭은 5m. 움직여야 한다. 15:30, 역할도 없는 가게로 가 보기로 한다. 버스를 탔다. 얼마 만인가. 일상으로 한 발 다가간다.

바지사장이지만 판매량을 파악해 본다. 전년과 비슷하다. 다행이다. 운동 삼아 어두워져 가는 대전천 하상 산책 길을 걷는다. 차량 소음에 걷기 환경은 불량. 86분, 7.62㎞, 9,634걸음. 최고. 물론 수술 후. 19시 집에 도착. 아내가 간식으로 챙겨 준 종합영양음료와 삶은 달걀을 그대로 가지고 왔다. 아내가 엄히 일갈한다. "당신한테 지금 제일 중요한 과업은 먹는 일이에요."

2019/01/30 수요일

퇴원한 지 한 달이 됐다

3시 반쯤, 한밭도서관에 다녀왔다. 아내와 같이 걸어갔다. 중간쯤에서 인숙이가 데려다줬다. 5권 반납하고, 7권 빌려왔다. 오늘도 먹고 쉬고를 반복했다. 포만감보다 밥 먹는 게 더러는 불편하다. 회복의 단계라 생각하지만 자신감이 떨어지고 불안하다. 살기 위해 먹어야 한다는 게 아프다.

2019/02/01 금요일

2시 16분부터 1시간 27분 36초 통화를 했다

오늘 딱 1번, 이게 오늘 통화의 전부. 수술받기 위해 병원에 가면서 영광이 전화로 착신 전환을 해 놨다. 지난 12월 18일부터 내게 오는 모든 전화는 영광이가 받게 된다. 사적인 것이든 가게에 관한 것이든. 당분간 이어질 것이다. 남들은 불편할지도 모르겠다. 지난달 1월 22일 1시간 6분이라는 통화 기록을 가뿐히 경신했다. 주제랄 건 없지만 오늘은 '무라카미 하루키'와 '페르마'. 상대, 내 동생 김순태.

17시 30분경, 서둘러 산책 길에 나섰다. 평소 정해진 산길을 오르는데 어지럽고 진땀이 난다. 덤핑 증후일 거라 아내는 추측한다. 비교적 컨디션은 좋았는데 이런 일이 생기면 자신감이 떨어지고 위축된다.

오늘도 인숙이가 다녀갔다.

2019/02/02 토요일

느슨한 네트워크

모임을 하고 정기적으로 회비를 내는데 내 상태를 모르는 그룹

오총회, 50년대생 5급 총괄국장

88동기회, 우본 사무관 승진 동기

구관회, 충청도 사무관 동기 9명

서로가 딱히 궁금하지 않은, 우연인지 다 사무관과 관련된 느슨한 네트워크. 이런 관계도 필요하겠지. 필요?

늦은 9시경, 고등학교 동창 이봉기한테 전화가 왔다. 같이 있는 정진성과도 통화했다. 가끔 아내 전화로 연결이 된다. 전화 네트워크상 나는 투명인간이다.

아내와 영준이가 안영동 하나로마트에서 쇼핑하는 17시부터 1시간 정도 유등천을 산책했다. 산책과 운동이 다른 의미라면 운동이다. 6km, 8천 걸음 정도.

버드내교-뿌리공원-하나로마트

걸음 수, 몸무게, 수면 시간이 매일 기록된다. 일기처럼.
오늘도 인숙이가 다녀갔다. 재원이도 함께 왔다.

2019/02/03 일요일

선물

오총회 사과, 김혜자 사과, 조영헌 배, 바이오에너지 하춘웅 귤, 수곡동우체국 쌀, 카프랜드 김, 숯사랑 곰표선물 받았다. 예년처럼 훈제오리 10마리 돌렸다. 옆 가게와 이웃 4명, 디앤지 평화장작 본부장, 한빛 광명전기 한밭공조. 답례 김혜자 씨만. 목사님, 부목사님, 전도사님에게 설 선물.

1부 예배 다녀와서 완전 방콕. 책 읽고, 『삼국지』『태엽 감는 새』 성석제 소설. 영화 보고, 〈남아 있는 나날들〉, 〈Up in the air〉.

2019/02/04 월요일

오늘이 입춘이다

내일이 설날이다, 특별한 감흥은 없다. 작은형네와 일태네가 가족 여행을 떠났다. 작은형네 9명-필리핀 세부, 일태네 5명-제주, 순태 내외 2명-요양, 거기에다 영빈네 2명도 처가로 명절 쇠러 가라 했으니 불참자가 18명이나 된다. 서울서 내려온 영빈네와 점심을 같이 하고 저녁은 한우물 가서 먹었다. 어머니를 모시는 일태네가 여행 간 빈 자리는 큰형 내외와 영현이, 영훈이가 대신해서 오늘 저녁 94세 어머니를 지키는 숙직이다. 영빈네는 서울로 올라갔다.

2019/02/05 화요일

설날, 자리가 휑하다

제주에 가 있는 일태네를 스피커폰으로 연결해서 분위기를 띄우고 구색을 갖춘다. 어머니부터 큰형 내외, 영현, 영훈, 우리 내외와 영준까지 8명. 점심 전 텃밭 정리, 영준, 영현, 영훈. 예년처럼 문화동 처가에 들러 늦은 점심. 표 서방네가 와 있다. 장인어른이 안 계시니 여기도 휑한 듯.

제주 여행 중에 일태네가 영화를 봤대서 뜬금없는 일정이라 생각했는데 제주 여행도 처음이라면 가족 단체 영화 관람도 여행 못지않게 의미 있는 일정이리라.

만화영화, 이제 이렇게 부르는 사람은 없다

<문라이즈 킹덤>, 실사 영화인데도 애니메이션 영화 같았다. 아주 오랜만에 동화책을 한 권 읽은 기분이다. 국민학교 고학년 때부터 중학생 때까지 만화책을 많이 봤다. 만화책은 읽는다 하지 않고 본다고 표현해야 어울린다. 중학교 입학시험을 보러 가서도 지금 원동 헌책방 거리쯤에 있는 만화방에 갔던 기억이 아직도 남아 있다. 왜 입학시험은 '본다'라고 할까? 지금도 만화방이 있기는 하지만 60~70년대가 훨씬 많았다. 1969년, 나는 중학교 2학년이었다. 명문 D 중학교 입시에 떨어지고-왜 '떨어진다'일까- 후기인 똥통 B 중학교에 가서 수준 미달의 부류와 놀려니 기분이 나지 않았겠지. 무단결석해서 땡땡이치고 가서 노는 곳 중 하나는 만화방이었다. 땡땡이는 혼자 치지 못하는 속성이 있다. 한 살 많았던 병림이가 주도했고 나와 찬구가 땡땡이 주 멤버였다. 어설프게 무슨 '파'도 결성했었는데 조직 이름은 기억이 나지 않는다. 중학교 2학년 여름 방학이 끝나고 우리 ○○파는 이 심심한 상황을 탈출하기로 모의를 한다. 도시로 탈출하는 게 아니라 산으로 탈출하기로 했다. <문라이즈 킹덤>에서는 보이스카우트이라 그런지 가출 장비가 완벽했지만 그때 내 준비물은 허름한 반팔 반바지 체육복 한 벌이 전부였다. 디데이를 정하고 지금은 충남방적 안에 있는 방죽-웅덩이의 충청도 방언- 옆 소나무 아래서 만나기로 했다. 그날 어떤 연유인지 아무도 나타나지 않았고 가출은 이루어지지 못했다. 왜 산으로 가려고 했는지, 왜 그 자식들이 약속 장소에 나타나지 않았는지 아니면 못 했는지 모르겠다. 그 뒤 우리 ○○파는 『우리들의 일그러진 영웅들』에서 누구의 장례식에서도 '소

설처럼' 다시는 만나지는 못했다. 돈 벌러 외지로, 하나는 기숙 학교로 갔기 때문이다. 영화에서처럼 행복한 엔딩도 없이 우연인지 두 놈 다 스스로를 마감했다. 올여름에 '달이 뜰 즈음' 방죽 옆 소나무 아래서 우리들의 '왕국'을 지으러 보라카이로 탈출을 모의했을 수도 있었을 텐데 말이다.

3시경 강 서방 내외와 환웅이가 왔다. 어제오늘 운동을 못 해서 늦었지만 7시경 배재대 운동장을 50분 정도 돌았다. 오늘은 『작전명령 640』[6]이 아니라 『와이파이 삼국지』를 들으며 걸었다. 『삼국지』 10권 중 2권째를 읽고 있고 영화는 〈흐르는 강물처럼〉과 〈빌리 엘리어트〉 그리고 〈문라이즈 킹덤〉을 봤다.

2019/02/07 목요일

수술 후 첫 운전

오늘은 책을 한 쪽도 안 읽었다. 대신 종일 영화를 봤다. 〈플로리다프로젝트〉, 〈라자르 선생님〉, 〈아름다운 세상을 위하여〉, 〈소나기〉. 거기에다 〈박사가 사랑한 수식〉을 절반 정도 봤다.

〈플로리다 프로젝트〉는 6살, 〈라자르 선생님〉과 〈소나기〉는 초등학생, 〈아름다운 세상을 위하여〉는 중학교 2학년 학생이 주인공이다. 어제 늦게 본 〈문라이즈 킹덤〉은 11살이 주인공. 노인성 회귀

6) 『작전명령 640』은 필자가 쓴 책이다.

본능이 작동했나?

3시경, 한 달여 만에 운전을 해서 가게에 나가 봤다. 요 며칠 봄날 같더니 내가 머문 1시간 반 동안 딱 한 분이 다녀갔다. 집에 올 때는 운동 삼아 가게서 대전 천변을 따라 걸어 용문동에서 시내버스를 탔다. 갑자기 추워졌고 바람도 세게 분 데다 다리에 힘이 빠져 휘청대는 느낌이 들었다. 불안했다. 회복은 더디고 아직 멀다.

2019/02/08 금요일

1시간 산책

늦은 아침을 먹고 소파에 비스듬히 기댔다가 눈을 뜨니 11시다. 비스듬히, 위암 수술을 받은 환자의 권장 자세이기는 하다. 간단하게 간식을 먹는다. 나나 간단한 거지 준비하는 아내에게는 간단하지 않은 과업이다. 요구르트와 과일, 주로 사과와 배. 영화 <어거스트, 가족의 초상>을 본다. 관점에 따라 불편할 수 있겠다. 나의 관점, 잘 짜인 영화라 본다. 그렇지, 어젯밤 늦어서 못 본 <박사가 사랑한 수식>도 마저 봤지. 오늘은 책도 안 읽었는데 늦은 5시, 서둘러 준비를 한다. 그리고 1시간 정도 산책을 했다.

'1시간 정도 산책을 했다.'
이 1줄을 약술하면 하기와 같다.

내가 산책을 나서겠다 하니 아내는 같이 마트에나 다녀오자고 꼬인다. 마트까지는 500m 정도 될까? 나는 이미 옷을 챙겨 입었고 아내의 준비까지 기다려야 해서 정중히 거절한다. 마트에 가서도 대부분의 남성은 아내의 쇼핑 시간이 지루하다. 정정한다. 쇼핑을 같이 즐기는 남편 및 남성들을 '일반화시키는 오류'가 있었음을 정중히 진심으로 사과한다. 아니, 사죄드린다. 또 하나, 지루한 남편 때문에 신경 쓰여 쇼핑의 진수를 느끼지 못하게 하는 '우'를 범하지 않기 위해 나 홀로 산책을 결정하고 서둘러 집을 나선다. 여기서 '우'라 함은 '잘못'을 말한다. 산책 코스로 배재대 운동장은 엎어지면 코 닿을 거리다. 아파트 입구에서 18.44m 떨어져 있다. 투수와 포수 거리다. 엊그제 비가 와서 적당히 습기를 머금어 폭신하게 느껴질 게다. 운동장 가장자리로 돌면 1바퀴에 500m쯤 되고 6바퀴를 돌면 30분 정도 걸린다. 가깝고 평탄하기는 한데 여기서 운동하시는 대부분 분들은 바로 옆에 있는 도솔산 등산도 어려우신 분들이다. 그분들과 같이 돌면 나도 그 부류가 되는 듯해 약간의 거부감이 있다. 이 거부감의 근원, 나도 그 부류이기 때문일 게다. 슬프다. 또 하나는 똑같은 장소를 빙빙 돌아야 하니 지루하다. 도솔산, 산책 겸 운동 장소로는 최적합이다. 높지도 낮지도 않아 가볍게 다녀올 수 있다. 다만 오늘은 '시민박명'-찾아보시기 바람-이 가까운지라 부실한 체력에 어두운 곳에서의 부상이 염려되어 산책 코스로 우선순위에서 밀린다. 김 씨는 바람을 쐬어야겠다는 생각에 버스를 타고 유등천에서 산책을 하기로 맘을 먹는다. 어디는 바람이 없깐디? 경남상가 앞 버스 정류장에 가서 안내판 도착 시간을 확인해 보니 유등천변 부근에 가는 916, 312, 301번이 다 7~8분 후 도착한단다. 원래는 산책을 마친 후 배재대 21세기관에 가서 은행 통장 정리를 할 계획이었다. 그래, 이 8분을 적절히 활용해야지. 당연히 걸어서 235m 떨어진 21세기관에 가서 통장 정리를 했다. 주거래 은행은 하나은행인데 통신 판매 허가를 받기 위해서는 에스크로 통장이 필요한데 국민은행과 농협에서만 취급한다. 웬 통신 판매? 뉴질랜드산 우드펠릿을 온라인으로 판매하기 때문이다. 대전 동구 2008-101, 내 통신 판매 면허 번호다. 이 면허 번호를 주고 40,500원 면허세를 받았다. 왜 면허세를 받느냐고 공무원에게 힐문하니 고지서를 주면서 저쪽 은행에 가서 수납이나 하란다. '수납이나'라고 말하지는 않았고 다만 나를 쳐다보고 안내하지는 않아서 그리 표현했다. 작년 4월부터 4,532,300원이라는 빛나는 매출 실적을 올렸다. 각설하고 다시 정류장에 와 보니 아까와 비슷한 시간이 남아 있다. 아뿔싸, 은행 다녀온 새 간발의 차로 다 지나간 게다. 내가 자발없게 행동을 한 게다. 모름지기 군자는 대로행이라 했는데 말이다. 그리하여 김 씨는 폭포를 거슬러 올라가는 연어처럼 미련 없이 진행 방향의 반대로 대아아파트 정류소를 향한다. 어차피 나의 외출 목적 및 목표는 걷는 것이다. 그런데 이런 머피 선생 같으니라고. 중간쯤에서 916, 301, 312번이 차례로 지나간다. 화날 일도 아닌데 기가 막힌다. 여성회관 금요장터 부근에서 이옥규 권사 가족을 만났는데 굳은 표정으로 인사를 받아서 오해를 하셨는지도 모르겠다. 에라, 모르겠다. 산책 코스를 유등천변에서 내원사로 변경한다. 혼자 하는 거라 의사 결정을 상의하거나 토론 내지 국민투표를 안 해도 된다는 장점이 있다. 물론 결과도 스스로 책임을 져야 하지만 아마도 책임을 물을 사람도 없으리라. 도솔체육관 앞 기상 예보 전광판에 기온 2.5도, 습도 21%, 바람 1.5㎧라고 떠 있었고 미세먼지는 양호인데 수치는 잊어버렸다. 미세먼지에 예민한 아내가 같이 왔으면 꼭 기억했을 텐데 아쉽다. 왜 아쉬운지는 내가 표현했지만 모르겠다. 그 자리에 서서 휴대전화를 꺼냈다. KBS '콩'을 켜서 『와

이파이 삼국지』 '다시 듣기'에 가서 다시 듣기를 한다. 그럼 다시 듣기에 가서 다시 듣기를 하는 거지 뭐 다시 못 듣기를 하겠어. 1화당 14분이다. 올라가며 1화 14분, 내려오며 1화 13분 59초 들으면 오늘 산책 책임량은 달성할 수 있을 것 같다. 내원사 길로 오르길 어언 3분이 지났고 갈림길이 나오는 순간 심각한 갈등을 겪는다. 왼쪽으로 가면 계획대로 내원사로 가는 것이지만 보도블록으로 포장되어 무릎에 심오한 충격을 줄 것 같은 현명한 판단에 이르러 이리 갈까 저리 갈까 차라리 돌아서 아내가 있을 마트로 갈까 단 1초만 생각하고 오른쪽 비포장 메타세쿼이아 길로 용단을 내려서 걷는다. 『와이파이 삼국지』에서는 유비가 조조에게 쫓겨서 10만 백성과 도망하는 장면이 흘러나온다. 이 『와이파이 삼국지』는 심각하지 않다. 미키마우스 영화를 보는 것 같다. 농담처럼 가볍게 10만 명이 죽는다. 2주 전 영빈이가 황석영 번역 『삼국지』 10권 1질을 보내왔다. 읽으시며 요양하라는 거겠지. 근데 사실 영빈이 옆구리를 쿡 찌르기는 했다. 매월 책 1권씩 보낼 것. 삼국지를 부분 부분 읽기는 했지만 완독은 못 해 본 것 같다. '와파삼'을 듣기 위해 이어폰을 가져온다는 게 오늘도 깜빡했다. 사실 와파삼은 들은 지 얼마 안 됐고 산책 시 주로 불후의 명작 『작전명령 640』을 듣는다. 내가 저자인 동시에 애독자 및 애청자다. 서대전여고 뒤로 해서 다시 내원사 쪽으로 올라 능선을 넘어 귀소한다. 능선을 넘을 때도 도솔체육관 곁으로 넘을까 아니면 200m 더 올라가 넘을까, 능선에서도 평소 코스인 주차장 쪽으로 갈까 아니면 온실 쪽 건물 구름다리로 넘을까, 운동장 와서도 걸은 시간이 1시간이 조금 안 됐으니 운동장을 한 바퀴 더 돌까 등등의 심각한 의사결정 과정이 있었으나 이것까지 기록하면 나도 피곤하고 여기까지 혹시 읽은 분들을 분노하게 될까 두려워 아주 간략하게 '1시간 정도 산책을 했다.'라고 줄이고 또 줄였음을 줄여서 맺고자 한다.

사실 여기서 맺으면 식후 디저트가 없는 것 같은 느낌인데, 이런 분들을 위해 사족을 붙인다. 나는 외출 후 귀가, 즉 집에 들어오면 먼저 샤워를 한다. 귀찮아서 그런다. 오늘도 바로 샤워를 했는데 평소에는 벽 샤워 꼭지를 쓰는데 오늘은 특별히 천정 꼭지로 했다. 그냥 해 보고 싶어서 한 거지 '특이 사항'은 없었다. 샤워를 하는데 보이스톡이 울린다. 황급히 몸도 못 말리고 재차 온 보이스톡을 받으니 아내다. 마트에서 출발하려고 한단다. 그때 나의 실수. "그럼 가지러 내려갈까?" 이 말은 해서는 안 될 금칙어를 말한 것이었다. 당연하게도 아내는 "당신 샤워도 했다며" 하면서 혼자 가지고 올라가겠다 한다. 톡을 끝내고 생각하니 무지무지 '무지(無知)'했음을 깨닫고 즉시 재빠르게 의관정제하고 장바구니를 가로채러 갔거늘 50m 앞 고장 난 시계탑 앞에서 상봉해서 큰 화를 면하게 되었다는 것을 알리며 구렁이 사족을 마친다.

9시 넘어 큰시누이가 온다고 하자 아내는 혼비백산하여 설거지를 하고 차를 준비한다, 과일을 깎는다 야단법석이다. 오늘도 인숙이는 내가 먹을 건 안 사 오고 아내가 먹을 재원표 빵만 가져왔음을 성토한다. 이란 영화 〈학교 가는 길〉을 인숙이도 같이 보느라 11시 반도 넘어서 가는데 늦은 시간임에도 호환마마 같은 시누이를 배웅하겠다고 아내는 옷을 챙겨 입는다.

그 시간 이후도 〈마리 앙투아네트〉를 1시간 넘게 봤다. 진짜 Real The End.

2019/02/09 토요일

언젠가는 이해가 되겠지

대전시립미술관, 4시부터 도슨트docent를 따라 1시간 정도 관람을 했다. 현대 미술은 난해하다. 해설을 들어야 그나마 조금 와닿는다. 첨단미디어를 활용한 작품도 여럿 있다.

〈시립미술관소장 작품전〉

1. WONDERLAND MUSEUM: HOW WE GOT TO NOW

2. SIMPLE BUT NOT SHABY

다녀오는데 몸 상태가 좋지 않다. 무리를 했나? 몸살이 난 것 같다. 겁난다. 영화 〈밴드 비지트〉와 〈세라핀〉을 봤다.

2019/02/10 일요일

조심, 또 조심

어제 컨디션이 나빴던 이유가 무리해서 외출과 운동을 한 것으로 판단해 오늘은 교회를 걸어서 다녀온 것이 전부다. 다행히 더 나빠지지는 않았다. 자주 트림을 해서 아침과 점심으로 굴죽을 먹었다. 2달여 만에 11시 예배를 드렸고 1남전도회도 참석했다. 나머지 시간은 책 반납일이 다가와 읽는 데 주력했다. 영화 〈페르세폴리스〉를 봤다. 전에 봤던 영화를 다시 본다. 늙었다. 회귀본능. 이렇게 말하지 않아도 객관적으로 늙었다. 쓸쓸한 현실 인식이다. 그다음 기준은 영화제 등에서 수상한 작품이다. 허영심이다. 내가 심사위원의 기준에 미치지 못함인지 어렵거나 난해한 경우가 많다.

2019/02/11 월요일

다 일반이라

전도서에 자주 등장하는 구절은 "헛되고 헛되도다, 다 헛되도다."이다. 부자나 가난한 자나 짐승이나 사람이나 먼저 된 자나 나중 된 자나 죽음 앞에서는 '다 일반이라'고 전도서 기자는 한탄스레 말한다.

김영만 씨가 죽었다. 1976년 대전우체국에 전입 갔는데 갓 제대한 그는 입대를 앞둔 허벌렁한 나에게 '어지럽다'며 골리곤 했다. 언제나 무슨 일이든 '허허' 해서 그냥 사람 좋은 사람이었다. 체력이 좋아서 '탱크'라고도 했고 50대에 들어서는 마라톤도 열심히 했다.

퇴직해서도 거동이 어려운 이웃에 봉사활동도 하고, 성당에서도 '성당대학' 등에서 여러 역할을 담당했다. 반듯반듯하지만 융통성 없어 보이는 글씨도 생각난다. 성품이겠지. 현직에서는 그 '사람 좋음'과 '성품'이 그의 승진에는 별로 도움이 되지 못했다.

우리가 지존자의 '뜻'을 온전히 이해할 수는 없으나 그런 사람 좋은 그에게도 그분은 예외를 허락지 않으시고 '이기지 못할 시험'을 주셔 그를 남들보다 조금 일찍 그분의 곁에 부르셨다.

40년 넘게 알고 지내던 그가, 나보다 6년 일찍 태어난 그가, 오늘 떠난다. 오래 그를 알고 있었음에, 나도 그 죽음의 현실적 범주에 더 가까워졌음에 나는 침잠한다.

커튼으로 창문에 들어오는 오전 햇빛을 가리고 아내와 같이 영화 〈아무르〉를 봤다. 리뷰를 미리 보니 '노인'들은 보지 말라는 말이 스친다. 거동도 의사 표현도 거의 불가능한 부인을 남편이 베개로 눌러 죽게 하는 장면을 보면서 눈물이 주룩 흐른다. 감정이입. 커튼을 쳐서 다행이다. 아내가 간식으로 준비해 준 사과와 요구르트를 감정을 삭히듯, 억제하듯 입안에 우걱 떠밀어 넣는다. 위암 수술 환자의 식사법도 무시한 채.

〈아티스트〉, 영빈이가 석사학위 받던 2011년, 수여 행사를 마치고 서울 대학로 영화관서 봤던 영화. 〈시〉, 2012년이던가 직장에서 조퇴를 하고 아내와 대전 CGV에서 본 영화. '왓챠'로 새벽 1시 반까지 다시 봤다. 7~8년 지나긴 했지만 처음 보는 장면이 대부분인 것처럼 느껴진다. 기억은 완전히 불완전하다. 이 기록조차 온전하지는 못하리.

정오쯤 1시간 정도 도솔산으로, 배재대 운동장으로 산책을 다녀왔다.

취향은 옳고 그름이 아니지

어젯밤 영화 보느라 너무 늦게 잠들었는데 오히려 일찍 깼다. 오전 내 소파에 기대서 졸았음에도 오후에 가게에 나갔더니 피곤했다. 무엇이든 적당한 때가 있고 그때를 놓치면 회복이 쉽지 않은 법이다. 내일부터 아내의 한국어 수업이 시작돼 두어 달은 김 기사 노릇을 해야 해서 승용차를 회수하러 간 거다.

오늘은 지난번 보다 만 〈문라이트〉를 주마간산. 영빈이가 추천했고 아카데미 작품상도 탔다는데 영 접수가 잘 안 된다. 시詩 시리즈로 다시 본 〈일 포스티노〉도 전혀 다른 느낌으로 다가온다. 〈동주〉를 잠깐 보다가 '국뽕' 향기에 시리즈를 접는다.

전화 온 영빈이와 영화 얘기를 길게 했다. 아들과의 전화 대화는 아내에게 독점권이 있지만 목욕하고 있는 틈을 타서 오늘은 그 권리를 아내 몰래 침해했다.

2019/02/13 수요일

다시 시작되는 또 다른 내일이 있어 다행

아내가 방학이 끝나고 다시 수업을 시작하는 날이다. 다른 날보다 서둘러 아침을 먹고 두어 달 만에 '김 기사'의 역할을 다시 시작한다. 아내를 대흥동 센터에 내려 주고서 바로 한밭도서관에 가서 책을 반납하고 또 빌려왔다. 오늘은 5권을 빌릴 수 있는 날인데 어인 일로 10권까지 가능하단다. 마지막 수요일만 10권인데…. 8권을 빌렸다. 그중 5권을 큰글씨 책으로 빌렸다. 훨씬 읽기가 편하다. 다만 큰글씨 책이 300권이나 될까?

가게에 가서 1시까지 있는데 손님도 오늘따라 거의 없고 내가 주인이 아니라 영광이가 주인이고 나는 손님이 된 것 같다. 아내를 태우고 집에 와서 늦은 점심을 먹고 잠시 소파에 기대고 졸다 보니 5시. 속이 더부룩하다. 서둘러 배재대 운동장을 30여 분 돌았다.

아내는 최선을 다해 나를 위한 환자식을 준비하는데 나날이 불평도 늘어난다. 인숙이 말대로 이제 살 만한가 보다. 그래도 아직은 아니지. 아내가 열나게 음식을 준비하고 먹이고 설거지하는 동안 나는 〈레미제라블〉을 2시간 넘게 혼자서 흐뭇하게 다 봤다. 영화관에서 본 영화인데도 다시 본 오늘의 느낌이 더 좋다. 문제가 있다면 아내가 설거지하는 동안 청소기라도 돌려야 하는데 아무래도 심통이 나신 것 같다. 아차차, 티슈로 안방을 훔치러 들어가는 것을 보고서야 사태를 파악하니 때는 이미 늦었다. 내일은 아침 먹고 누워 있거나 책을 읽거나 영화를 볼 게 아니라 집 안 청소부터 해야겠다. 내일이 있는 게 얼마나 다행인고.

2019/02/14 목요일

판타스틱과 환상적인 것은 다르다

아내는 기도 순서라 새벽기도회에 갔다. 나는 손흥민이 출전하는 축구 경기를 봤다. 아내의 표현대로 의미 없는 일에 시간을 보내는 거다. 7시경 다시 잠들어 9시 반에 깼다. 일과가 순차적으로 늘어진다.

어제부터 속이 안 좋은 듯하더니 오전엔 묽은 변을 보고, 오후에는 설사를 했다. 먹고 소화시키는 게 중요한 과업인데 이상의 원인을 찾아본다. 어제 점심 슈퍼에서 산 포장 곰탕에 고기가 질겨서 그랬을 거야, 가게 나가서 먹은 고구마말랭이 때문일지도 몰라, 요즈음 밥맛이 없는데 의무감으로 꾸역꾸역 먹어서 그럴 거야, 오늘 새벽에 빵과 우유를 먹은 게 안 좋았나 봐…. 복합적으로 작용했을 수도 있고 하나가 원인일 수도 있지만 특정하기는 어렵다. 설사를 했으니 몸무게가 300g은 줄어들 것이다. 즉시 맨밥 공급이 중지되고 아내는 전복죽을 새로 만드느라 분주해진다.

늦은 5시, 아내와 도솔산을 1시간 정도 산책했다.

<문라이트>를 봤다. 영빈이의 강추에 집중해서 다시 봤다. '흑인 결손 가정 마약 동성애'가 '주제'는 아니지만 '제재'라 그런지 감정이입이 되기보다 불편하다. 아카데미 작품상도 수상했고 후기를 보니 인

생의 영화를 봤다고 호평을 하고 있으니 나의 안목과 수준이 준수하지 못한 것이 분명하다. 애니메이션 〈밤의 이야기〉도 봤다. 내용은 유치할지 몰라도 색감만은 환상적이다. 〈무드인디고〉도 봤다. 상상력이 환상적이다. 판타지 영화가 이해가 안 된다면서 환상적인 영화에 눈길을 주기도 한다. 영화 〈삼국지〉를 잠깐 보다가 접는다. 소설 『삼국지』도 진도가 더디고 『와이파이 삼국지』에 오히려 재미를 느낀다.

밤늦게 인숙이와 재원이가 아내의 수영복을 사 가지고 왔다. 토요일 수영을 같이 하기로 했다.

2019/02/15 금요일

내가 남이 못 되듯, 남도 내가 못 된다

잠자리에 들 때와 일어났을 때 요즈음 제일 먼저 하는 것은 몸무게를 달아 보는 일이다. 급격히 늘거나 줄지는 않지만 조금씩 줄어든다. 식욕이 나지 않는다. 당연히 장기의 상태가 정상이 아니니 조심해야 하지만 아내의 조심은 더 예민한 편이다. 짠맛, 매운맛, 단맛, 신맛을 뺀 채 요리를 해서 의무감에 꾸역꾸역 넘기곤 한다. 그렇지만 이런 내색을 하면 아내가 싫어할까 의견을 말하는 것도 조심스럽다. 환자는 주방을 멀리해야 된다지만 아파트 공간에서는 피할 수도 없다. 밥 짓는 냄새, 요리하는 냄새가 역하니 식욕이 안 나는 것은 당연한 일일지도 모르겠다. 아내 표현대로 입덧을 하는 임산부 같다고 한다. 물론 남자인 내가 입덧의 느낌을 알 리는 없지만 말이다.

천명관의 짧은 소설 서너 편을 읽었는데 3편의 화자가 '여성'이다. 남자인 천명관 씨가 어떻게 여성의 심리나 상태를 알아서 글로 쓰는 것일까 하는 생각을 했다. 대화나 생활 등을 통해서 알고 짐작할 수는 있겠지만 말이다.

진료하는 의사도 마찬가지. 어떻게 아파 보지도 않고 환자의 고통을 이해하지? 그래서 대부분 의사들이 불친절한가? 아니지, 온전히는 아니어도 느낌은 알겠지. 그러하더라도 내가 그가 아닌 이상, 또 그가 내가 아니니 서로가 서로를 완벽하게 이해한다는 것은 불가능할 거야.

아내의 출퇴근 기사 노릇을 하고 오전에 잠깐 가게에 들렀다. 영광이가 일태와 같이 배달하러 나간 새 세 분에게 우드펠릿 60포를 실어 줬다. 그냥 할 만했다. 너무 위축될 필요는 없겠다.

오늘도 9시 넘어서 인숙이가 왔다. 11시가 넘어서 돌아갔다.

2019/02/16 토요일

가까이 있는 사람들에게 관심을

'내일부터 일요일날 쉬겠습니다.

정신적으로 문제가 생긴 거 같아서요.'

영광이에게서 온 카톡이다. 나 아프고 불편한 것만 생각했지 영광이 배려를 못 했단 생각이 잠꼬리에도 따라 든다. 가까운 사이, 특히 가족에게 범하기 쉬운 오류다. 가까운 사이니까 이해해 주겠지, 가족이니까 말을 안 해도 너그럽게 받아 주겠지 하는 착각에 빠지기 쉽다. 11월부터 3개월 넘게 휴일도 없이 일을 시켰으니 무리가 온 게 당연한 일이지. 의사소통의 부재이기도 하고.

몸에 딱히 불편한 곳은 없다. 다만 식욕이 점점 떨어진다. 체중도 조금씩 조금씩 줄어든다. 식욕이 없는데 억지로 먹으니 소화가 안 되고 설사를 가끔 한다. 유추일 뿐 원인이 다른 것일 수 있다. 요리에 대하여는 아내에게 스트레스가 될까 줄여서 표현을 하는데도 스트레스를 받는 것 같다.

장인어른 점심 사 드리러 가는데 아내를 대전한방병원에 차로 데려다줄 때 잠시 문밖에 나간 것 외에 종일 집안에서 보냈다. 바람직한 현상은 아니다.

영화 〈초속 5센티미터〉와 〈정복자 펠레〉를 봤다. 잠깐씩 책을 보기도 하지만 주로 영화를 보는 데 많은 시간을 보낸다. 어제는 〈패터슨〉, 〈일루셔니스트〉도 봤다.

인간은 절대 타인을 이해할 수 없다

오후에 가게에 나갔다. 문 열기 기다리는 희수 조카에게 25포 팔았다. 이게 전부다. 퇴근해서 집에 들어가면 나오기 귀찮아질 것 같아 주차시키고 바로 운동장을 5바퀴 돌았다.

편혜영의 『재와 빨강』을 읽었다. 어제 천명관과는 반대로 여성 작가가 쓴 남성 화자의 소설이다. 가게에서는 오디오북으로 김훈의 산문집 『라면을 끓이며』를 들었다. '읽는 것'과 '듣는 것'은 당연히 맛이 다르다. 김훈은 「화장」에서는 폐경기 여성이 화자다. 영화는 〈아버지의 초상〉을 보고 늦게는 아내와 같이 〈패터슨〉을 다시 봤다. 나박김치 같다. 심심한 듯 사각하다.

> '인간은 절대 타인을 이해할 수 없다. 하지만 우리는 타인을 인정할 수 있다. 그리고 그것만으로 서로를 사랑하는 데 충분하다.'
>
> *- 영화 〈그랜토리노〉 리뷰 글에서*

몸무게는 계속 조정기를 거치는 듯, 아주 조금씩 줄어들고 아내는 원인을 찾는 데 골몰하여 음식 맛을 '가미감미'해 본다.

2019/02/18 월요일

서로의 입장 차이

오전 내 비몽사몽 지냈다. 지친 아내도 소파에 잠든지라 안방으로 옮겨 누웠다. 오후도 책도 기웃, 영화도 기웃거리며 그럭저럭 지냈다. 5시가 다 돼서야 아내와 인숙이 차로 장태산 휴양림을 다녀왔다. 중턱까지 1시간 남짓 산책했다. 휴양림은 2월의 중순, 그것도 월요일 해거름이라 적막, 우리 3명이 너른 공간의 전부다.

금평식당에서 추어탕으로 저녁을 먹었다. 아내가 힐끔힐끔 먹는 나를 쳐다보며 긴장한다. 그러는 아내가 애처롭다. 때로는 짜증이 난다. 거의 두어 달 매운맛을 못 본 입안은 맵지 않다는 종업원의 해명에도 내 입맛에는 맵다. 다만 개운하다. 아내가 요즘 해 주는 간 안 된 음식은 담백하긴 하되 몸이 거부하는 듯하다. 섭섭하겠지. 최선을 다하는데. 오늘도 설사와 비슷한 수준의 배변을 했다.

아내가 장모님과 긴 통화를 한다. 그 복잡한 감정과 관계를 이해해 보려 하지만 잘 안 된다. 지난 토요일, 장인어른과 점심식사 같은 문제도 아닌 주제로 말이다.

어제는 한균이한테, 오늘은 강덕구한테 문안 보이스톡이 왔다. 지난 금요일엔 규복이가 가게로 음료수를 사 들고 왔다. 암 투병 경력이 있는 박재범 국장도 여러 번 카톡으로 안부를 물어 온다. 위안이 된다.

한국 영화에 대한 문화적 배려로 <돌아온다>를 봤다. 흥행과 예술성은 대부분 일치하지 않는다.

2019/02/19 화요일

나는…

작가 김훈, 훈계하지 않는 담백한 그의 필체를 좋아했고 앞으로도 좋아할 것이다. 오늘도 저녁 산책을 하면서 그의 오디오북 『라면을 끓이며』를 들었다. 휴대전화 이어폰을 통해서. 책을 읽는 것, 책이 읽히는 것은 당연하지만 '듣는다'는 것은 왠지 어색한 생각이 든다.

그런데 갑자기 김훈의 글에 '나는'이란 표현이 자주 등장하는 게 걸린다. 더구나 산문의 화자가 필자, 즉 '나'일 터인데 하는 생각을 했다. 유명 전문 작가인 그를 평가할 능력이나 자격이 '내게는' 없거나 부족하다.

마침 조해진의 소설 『빛의 호위』 12쪽에서 '나'란 표현이 몇 번 나오는지 세어 본다. 5번, 참 일 없는 '나'다. 위 9줄에서 3번이나 '나'가 등장한다. 나의 글을 체크해 봤다. 지난 8월에 기록한 유럽 여행 기록, 거의 '나'는 없다. 그래, 이게 '나'의 취향이구나.

(나는) 오늘도 설사를 했다. 어제 매운 추어탕이 작용한 듯하다. (나는) 아내에게 말하지 않았다. 지금도 간이 안 된 반찬이 더 싱거워질까 해서이다. (내가) 샤워를 마치고 계체를 몰래 하려는데 아내가 눈치채고 감시를 한다. 다행히 (나는) 어제

수준을 유지했다. 60.6㎏ (나는) 영화 〈오페라의 유령〉을 봤다. (나는) 〈리틀 포레스트〉는 여름 부분만 보고 멈췄다. 아내가 내일 수업을 준비하느라 분주한데 (나만 보려니) 왠지 미안하고 핀잔을 받을까 저어해서다.

오늘은 인숙이가 닭죽과 삶은 간과 천엽을 가져왔다.

2019/02/20 수요일

희로애락이 다 삶의 일부려니

김 기사 역할을 수행했다. 9시 출근, 13시 수업 끝, 퇴근. 그 중간 시간은 가게에 가서 배달 나간 영광이를 대신해 자리를 지켰다. 일태가 손가락을 다쳐서 영광이도 같이 가라 했다. 대여섯 분 손님이 다녀갔다. 그 적은 노동에도 피곤하다. 재활과 적응은 내 기대보다 훨씬 길어질 수도 있겠구나. 그것도 온전한, 일반적인 상태까지 이르기도 어렵겠지. 먹먹하게 슬프다 해야 하나? 작은 한숨. 약을 먹듯 의무감으로 밥을 먹고, 걷기 운동을 한다. 기쁨이 동반되지 못한다. 어디 삶이란 게 본시 기쁨만으로 짜이는 것이더냐. 스스로에게 주문을 왼다.

영화 〈리틀 포레스트〉 1, 2편 여름 가을 겨울 봄을 다 봤다. 퇴직하면 시골로 가서 소소하게 살 계획을 가지고도 있었는데….

나는 언제가 제일 행복했을까

영광이와 일태는 배달 나가라 하고 오전 시간 가게를 지켰다. 10시 40분부터 11시 55분까지 7번의 거래가 있었고 71포 판매. 아직 온전한 몸 상태는 아니지만 할 만했다.

5시 40분경부터 1시간 정도 아내와 도솔산 산책했다. 평소 아내가 즐겨 다니던 코스가 아니라서인지 어색하고 힘들어하는 듯했다. 영빈이 어릴 적 생각이 난다. 유모차에 실리거나 안겨 다니면서도 평소와 다른 길로 가면 울고는 했다.

그 영빈이가 추천해 준 영화 〈원더풀 라이프〉와 〈스틸 라이프〉을 봤다. 영빈이는 볼 만한 영화라 추천했지만 둘 다 내 취향은 아닌 듯하다. 아니, 영화 감상 내공이 부족하다. 〈원더풀 라이프〉는 죽은 자들이 저세상에 가기 전 림보회사에 1주일간 머물며 살아오면서 제일 좋았던 순간을 말하면 영상으로 만들고 그 영상을 보면서 저세상으로 간다는 줄거리다. 설정이 황당기발하다.

나는 언제가 제일 좋았을까? 이제까지는 영빈이가 태어났을 때라고 말하고는 했지만 아내와 영준이를 고려하여 표현을 자제하는 편이다. 2015년 10월 16일, 장사를 시작하고 첫 거래가 있었는데 그 순간도 가슴이 벌렁 하게 기뻤다.

〈스틸 라이프〉는 중국 공산당 개혁개방 시 싼샤댐 건설 현장 부근이 무대다. 어느 리뷰어의 말처럼 감독은 "영화가 극화되는 것을 경계"했다 한다. 알 것도 같지만 온전히 닿지는 않는다. <로마>(멕시코)가 상상을 가미해 극화한 다큐라면 <스틸 라이프>는 거칠게 야생으로 극화한 영화 같다.

지난여름 런던의 테이트모던에서 현대 미술 작품을 보던 생각이 났다. 두 영화의 리뷰를 보니 둘 다 어마무시한 호평 일색이고 유수의 영화제 수상 작품인지라 무지가 드러날까 감히 감상을 말하기 두렵다. 한 번 더 보고 음미해 봐야 할 것 같다.

수술받은 지 꼭 2달이 됐다. 주문한 덜 매운 김치가 수술 후 처음으로 반찬으로 제공됐다. 여러 날 반찬 투쟁의 결과다. 과욕으로 허겁지겁 먹어 탈이라도 나면 공급이 중단될 터라 조심조심 김치를 먹어 본다.

2019/02/22 금요일

핑계 대지 마

오전엔 가게에 있었다. 딱 1명이 다녀갔다. 이즈음의 일반적인 그림이다. 새벽엔 겨우 영하로 내려가지만 낮 기온은 10℃를 오르내린다. 올겨울엔 눈도 비도 거의 안 왔고 기온도 예년보다 높았다. 평균 기온 2018년 1월 영하 2.5℃, 2019년 1월 0.0℃. 펠릿 판매도 겨우 작년만큼 팔렸다. 성장이 팍 꺾였다. 물론 내가 거의 일을 못 한 것치고는 선방했다고 위로한다.

오후엔 제목은 같지만 내용은 전혀 다른 〈스틸 라이프〉 중국판과 영국판을 봤다. 미세먼지가 매우 나쁘다고 핑곗김에 산책은 생략했다.

2019/02/23 토요일

식사 투쟁기

자고 일어나서 습관적으로, 규칙적으로 하는 일이 생겼습니다. 몸무게를 달아 보는 것입니다. 데이터의 일관성을 확보하기 위해 팬티와 러닝만 입는 것을 원칙으로 합니다. 잠옷을 입고 재기도 합니다. 지금 입고 있는 것은 400g이 추가됩니다. 바로 전 극세사 파자마는 600g입니다. 내의를 입고 재기도 하는데 상하 각각 100g입니다. 내의 및 파자마는 원조 물품입니다. 뿐만 아니라 온전한 자료의 신빙성 확보를 위해 소변을 본 다음에 체크를 합니다. 전후 약 200g 정도 차이가 납니다. 계측 자료는 영구 보존 및 정밀 분석을 위해 헬스앱에 기록·저장합니다. 여기에 입회인도 있습니다. 아내는 사육 정도를 확인하기 위해 대부분 옆에서 주시를 합니다. 아내 몰래 달아 보기도합니다. 대부분 설사를 했을 때입니다. 당연히 몸무게가 줄어듭니다. 그러면 아내는 어제 먹인 음식을 체크해서 식사량 또는 양념을 조절하는데, 대부분 소금과 고춧가루양이 현저하게 줄어든 환자식이 제공됩니다. 제가 환자임이 분명하지만 환자식은 심심해서 회복에는 도움이 되겠지만 식욕에는 도움이 안 된다며 간 안 된 음식에 젓가락을 멀리하는 수법으로 투쟁을 벌이지만 그 성과가 신통치는 않습니다. 분투 결과, 어제 드디어 일반 김치가 제공됐습니다. 하지만 맘껏 먹지는 않았습니다. 먹고서 탈 나서 몸무게가 줄어들면 다시 '저염저추'로 돌아갈 게 뻔하기 때문입니다. 지금 아내가 저녁상을 차리고 있습니다. 먹기 전 기도를 짧게 하고 25분 타이머를 설정합니다. 밥 먹는 시간입니다. 2시간마다 알람을 설정해서 국민 체조도 합니다. 오늘은 알람의 노예가 되지 않기 위해 일체의 체조를 거부하며 영화 〈스틸 라이프〉와 제목만 똑같은 중국판, 영국판 〈Still Life〉를 봤습니다. 방금도 체조 알람이 울렸지만 이 보고서를 쓰기 위해 엄지손가락이 즉시 해제를 했습니다. 저녁을 먹기 위해 이만 총총입니다.

2019/02/23 토요일

3달 만에 수영을 다시 시작했다

수영을 다녀왔다. 도마실 국민체육센터. 거의 3달 만이다. 천천히 준비 운동하고 무리하지는 말아야지. 4시 반에 시작해서 5시 15분 정도까지 자유형, 평영, 배영을 조심스럽게 다 해 봤다. 물론 완벽하지는 않지만 일상으로 돌아가려는 시도. 기쁨보다는 방어 기제가 앞선다. 공연히 감기가 올 것 같은 느낌에 쌍화탕을 먹고 잠자리에 들었다.

영화 〈올리버〉를 봤다. 1968년 작품. 컴퓨터 그래픽 없이 만들어진 걸 생각하니 대단하다.

성급도 하셔라

일요일, 주일….

1부 예배 다녀왔다. 영화 보기에 경도되어 있는 듯해 책을 읽는다. 『중국인이야기 2』, 『태엽 감는 새 3』.

오후에 가게에 나갔다. 세 분이 다녀갔다. 두 분이 각각 10포씩 사 갔고 한 분에게는 뉴질랜드산 파렛트 10개를 3만 원 받고 팔았다. 지난 시즌에는 그냥 주던 거였다.

나머지 시간에 『태엽 감는 새』를 계속 읽었다. 문을 열어 놓고 있어도 될 만큼 따뜻하다. 우드펠릿 장사를 마감할 때가 곧 다가온다는 신호다.

어제 점심쯤 산책을 나갔더니 배재대 운동장 이곳저곳 벤치를 겨우내 방구석을 지키고 있던 노인들이 점령하고 이른 봄빛에 푸석해진 몸을 말린다. 3월도 안 왔는데 봄도 노인들도 성급하기도 하다.

다큐 영화 〈브라더스〉를 봤다.

2019/02/25 월요일

나, 돌아갈래

출근을 안 하다 보니 점점 요일 개념이 흐려진다. 월요일이지만 화요일, 아니 수요일이라 해도 내 일과에 변화는 없으리라. 열대 지방에서는 날씨의 구분이 없어 월별로 다른 색깔의 교복을 입는다는 얘기를 오래전에 들은 적이 있다.

오후에 가게를 나갔다. 그것보다는 수영을 갔다가 지나는 길에 있는 가게에 잠깐 들렀다는 표현이 옳겠다. 소제동 동구체육센터에 가서 1시간 남짓 자유수영을 했다. 15시 30분부터 16시 30분까지. 25m를 수영하면 숨이 차서 잠시 쉬었다 다시 하기를 반복했다.

오늘의 영화, <시네마천국>.

1994년, 대천에서 살 때 TV는 난청 지역이라 볼 수 없었고 신문도 안 보고 살았다. 그때 비디오를 빌려서 영화를 많이 봤다. <시네마천국>도 아마 그때 본 영화일 게다. 요즈음 보는 몇몇 영화는 그때 본 것들이다.

선택의 고통

3시 반경부터 1시간 남짓 수영을 했다. 도마실. 몸 상태가 안 좋은 듯해 망설이다가 수영을 했는데 오히려 약간 가뿐한 느낌이 든다. 그래도 머릿속엔 '조심조심'이다.

국산 우드펠릿이 도착한다 해서 11시 반부터 3시까지 가게를 지켰다. 그 시간 동안 일태와 영광이는 배달을 나갔다. 혼자 지키는데 50포를 사 가는 분이 와서 살짝 긴장하고 실어 줬는데 그런대로 큰 무리가 가는 것 같지 않다. 다행이다.

음식을 제대로 먹지 못하는 게 문제다. 집에서 싸 준 전복죽 약간과 삶은 계란과 감자를 으깬 것, 어머니가 영광이 먹으라고 싸 준 고구마 말랭이로 점심을 대신했다.

오늘의 영화, <파이터>와 <블랙팬서>를 봤다. <블랙팬서>는 어제 아카데미 시상식에서 미술상·의상상을 받았다 해서 보게 된다. 둘 다 내 취향은 아니다. '넷플릭스'와 '왓챠'에는 수많은 영화가 있어 선택하는 데 많은 시간이 걸린다.

2019/02/27 수요일

2월까지는 명색이 겨울

가게 나오면서
한밭도서관에 들렀다.

8권 반납하고
10권 빌렸다.

『국화와 칼』
『페르마의 마지막 정리』

번역자만 다른
2권을 빌렸다.

제라드 다이아몬드가 쓴
2권도 빌렸다.

계획은 『총 균 쇠』인데
서가에 없다.

일본 소설과 한국 시집도
한 권씩 빌렸다.

이 중에 서너 권만

읽히게 될 것이다.

어제도 넷플릭스, 왓챠로
2편의 영화를 봤다.

<파이터>
<블랙 팬서>

독서량을 줄이는 데
영화가 지대한 역할을 한다.

두 영화 다 아카데미 수상작인데
둘 다 내 취향은 아니다.

책도 그렇고 영화도 그렇고
보고 읽기보다 선택이 어렵다.

아내의 금지 지시에도 불구하고
몰래 커피 1/3잔, 달콤하다.

영광이는 허리 아파
침 맞으러 한방병원에 갔고

나는 부실한 몸을 보전코자
펠릿난로에 불을 지핀다.

2월까지는 아직 겨울이고
내 몸도 아직은, 아직 겨울이다.

수영을 했다. 도마실. 18~19시
오늘의 영화 〈마테호른〉, 〈마르셀의 추억〉.

2019/02/28 목요일

주제 파악

2월의 끝 날이다. 신탄진 보훈병원으로 장인어른 문병을 갔다가 가게에 들러서 월말 결산을 해 봤다. 지난달과 차이가 많이 나지만 6시도 다 되고 컨디션이 안 좋은 듯해 확인을 미뤘다. 날씨가 풀린 듯해 보온 내의를 벗고 나갔다. 가게 사무실도 난로를 안 피워 참고 있었는데 이게 복합적으로 작용한 모양이다. 쌍화탕을 먹었다. 내일 공주 작은형 집에서 가족 모임도 있는데 걱정된다. 조금 몸 상태가 나아진 것 같으면 내가 중환자임을 잊는다. 어제는 설사도 했는데 오늘 새벽에 6시쯤 일어나 손흥민 축구 경기를 시청했다. 영화 〈마르셀의 여름〉 앞부분을 보느라 1시가 다 돼서야 늦게 잠자리에 들었다. 조심조심해야 하는데 금·월·화·수 수영을 계속한 것도 무리였는지 모르겠다. 부디, 내일 아침 몸이 가벼워지길 한숨 쉬며 바란다. 내가 너무 약해졌다.

몸무게

59.7kg
60kg 아래가 됐다.
걱정된다.

아파도 해야 될 일이 있다.
어머님 생신, 이제 만 93세.
공주 작은형 집에 다녀왔다.

오늘도 설사를 했다.
식욕이 없다.
억지로 채우려니 그런가?

오늘은 〈마농의 샘〉 1부를 봤다.
리뷰를 봤더니 귀농 실패 사례란다.
토끼 사육, 기하급수의 환상이다.

〈코러스〉도 봤다.
〈죽은 시인의 사회〉와 비슷한 구도.
좋은 선생인 동시 인정받는 관리자는 없다.

2019/03/02 토요일

식욕이 의욕

아내와 영준이랑 셋이서
오전 내 영화 감상, 〈마농의 샘 2〉.
마르셀에 이은 연속 '연작' 감상

점심 먹기 전, 저녁 먹기 전
40분 정도씩 산책, 7,971걸음.
최근 한 달 새 제일 많이 걸었네.

먹고, 기대서 졸고, 쉬고
간식 먹고, 쉬고, 다시 먹고
하지만 식욕 주는 만큼 의욕도 준다.

삶이 대단한 의미가 있어
다들 사는 것은 아니라지만
그래도 의미가 필요한데….

뾰옜다

2018년 이맘때보다
8kg 정도 줄었다.

68kg에서
60kg으로

밖이 뾰옜다.
아마도, 앞날처럼

나는 나를 보지 못하고
사진은, 웃는다.

내일 병원 검진을 위해
점심부터 금식이다.

교회 다녀와서 오후에 가게에 나갔다.
1분 오셔서 10포 팔았다.

영화 〈나, 다니엘 블레이크〉를 봤다.
〈아버지의 초상〉처럼 은퇴자가 주인공.

오늘 밤은 둘 중 뭘 볼까
〈프랑코포니아〉, 〈시저는 죽어야 한다〉.

2019/03/04 월요일

나만 아픈 게 아니다

서울, 서울대학교병원
다들 아픈 사람, 많이 아픈 사람일 게다.

흉부 엑스레이, 복부 투시 촬영
그리고 채혈, 10:40~12:15.

다음 주 검진을 위한 준비
어제 점심부터 금식.

큰아들 내외와
병원 13층에서 점심식사.

천천히 조심조심 취식
그러나, 또 설사.

58.9kg
또 1kg 감소.

아내가 상심할까
아무 일 없는 듯 괜찮아했다.

큰아들 추천 영화, 〈서칭〉

노인을 위한 영화는 없다.

신동희와 통화, 림프종
동병상련, 말 된다.

2019/03/05 화요일

아들아

〈서치〉가 아니라 〈서칭(Searching)〉을 봤다. 95%가 아니라 100% 혼관했다. 엄마는 나의 먹잇감을 대느라 집에 도착해서 자리에 한 번도 못 앉으시고 11시를 맞으셨기 때문이다. 다음 날 수업인지라 적어도 새벽 1시 이후에 잠자리에 드셨을 것이고 아마도 30분 이상 뒤척이다 잠이 들었을 것이다. 확인되지는 않았다. 물어보면 스트레스를 받기 때문이다. 내려오는 기차 안에서 카스텔라와 딸기 요구르트를 먹었다. 둘 다 달아서 먹기는 좋았지만 아직 장이 받아들일 준비가 덜 되었음인지 자기 전에 설사를 했다. 투시 영상을 찍으며 병원에서 현탁액을 먹이며 변비가 될 수도 있으니 물을 많이 먹으라 했는데 변비는커녕 설사다. 화장실도 몰래 다녀왔다. 나 먼저 잔다고 하니 "속은 괜찮냐?"라고 엄마가 묻는다. 그렇다고 태연하게 하얀 거짓말을 했다. 몸무게를 확인하고는 하는데 수업 준비에 바쁜지 다행히 묻지 않는다. 58.9kg. 어제보다 1kg, 1년 전보다는 10kg이 줄었다. 엄마의 상심 예방을 위해 대외비로 관리할 예정이다. 샤워하며 거울에 비친 내 허리가 양 뼘으로 쥐일 만큼 잘록하다. 〈서치〉 감상문을 쓰려다 지나치게 샛길로 나갔다. 내 친구들의 65% 정도는 채 10분을 버티지 못했겠지만 나는 101분을 꼼짝 않고 봤다. 나는 온전히 아들 편이기 때문이다. <나, 다니엘 블레이크>에서 다니엘처럼 인터넷과 SNS에 익숙하지 않은 세대에겐 불편하고 괴물처럼 느껴졌을 것이다. 그리고 이렇게 작은 소리로 중얼거릴 것이다. '노인을 위한 영화는 없다.'라고.

2019/03/05 화요일

책을 듣다

허리둘레 29인치,
날씬해졌다.

식욕이 줄어든다.
이유랄 게 마땅히 없는데.

운동 부족인가?
늦은 7시, 산책 40분.

산책하면서 유시민의 『표현의 기술』을
읽은 게 아니고 전자책으로 '들었다'.

낮에는 <시저는 죽어야 한다>
밤에는 <제인 에어>를 봤다.

2019/03/06 수요일

안부

영화 〈제인 에어〉를 봤다. 서로 다른 감독의 작품, 같은 듯 사뭇 다르다. 원작을 읽어 보고 싶다.

오전, 충남대병원과 대○병원에 들렀다. 실비보험금 청구를 위해. 같은 서류인데 발급 절차는 서로 다르다. 대○병원에서 짜증을 냈다. 오진에 대한 적개심이다.

아직은 착신 전환 중이라 일 삼아 안부를 물어본 친구들에게 내가 전화했다. 권오명, 김승헌, 민원병, 송인범, 유갑봉, 임성빈, 장기돈.

아침에 아내를 출근시키는데 갑자기 배가 아파서 곤란한 지경에 이를 뻔했다. 결국 설사를 했다. 아내가 또 스트레스를 받는다.

2019/03/07 목요일

시간의 상대성

갑봉이가 점심을 샀다.
권오명, 김재성과 같이.
'비래골 손두부', 외식도 적응해야겠지?

영광이가 못 나와서
종일 가게, 세 분 17포 판매.
배달 2곳 15포, 작년 4월 수준?

안영동 하나로마트, 아내
산책 40여 분 후 차에서 취침, 나
아내, 벌써 시간이 이렇게 지났어?

영화 〈노인을 위한 나라는 없다〉
제목의 꼬드김, 잔혹, 노인하고 무슨 상관
2008년 오스카 작품상 탔다는데?

공감대

아내 출근시키고
잠깐 가게 지키고
아내 퇴근시키고

조금 늦은 점심 먹고
영화 <마더> 다시 보고
늦은 산책 다녀오고

한효순 씨와 46분 보이스톡
눈 한쪽이 아팠었고 지금도 잘 안 보인단다.
내가 아프니 아픈 사람들만 보인다.
아픈 자끼리만의 '공감'이 있다.
글쎄, 나만 아픈 게 아닌데 나만 아프다.

재레드 다이아몬드(Jared Diamond)의 『총 균 쇠』 대신 빌려온 『나와 세계』를 읽었다. 순태가 투병 중 가장 위로를 받았다는 『페르마의 마지막 정리』를 공감대 형성 차원에서 읽고 있다.

영빈이는 <노인을 위한 나라는 없다>를 3번 봤다 하니 큰아들과의 공감대 형성을 위해 의무감으로 다시 한번 봐야겠다.

2019/03/09 토요일

치매, 명사부터 잊는단다

<던 월>을 영준이와 봤다. 왜 저리 무모한 도전을 하는 것이고, 왜 그 무모한 도전에 열광하는 것일까?

초등학교 동창 김태수 아들 결혼식에 다녀왔다. 서대전웨딩. 아침부터 설사를 해서 몸 상태가 좋지는 않았지만 친구들 얼굴이라도 볼 겸 다녀왔다.

강상범, 김성수, 김진성, 맹대섭, 맹영선, 민태경., 민태철, 송인범, 이용식, 최수환 빵 공급하는, 얼굴은 선명한데 이름이 생각나지 않는다. 그래, 홍창기. 치매가 명사부터 생각이 안 난다는데….

뷔페에서 호박죽과 야채죽 그리고 호박튀김 2조각을 먹었다. 금방 또 설사가 급해서 친구들과 어색하게 뜬금없이 자리를 떠야 했다. '자리'뿐이랴, 세상을 떠날 때도 이러하리라.

전에 쓴 일기를 다시 읽고는 하는데 '이 얘기가 도대체 무슨 얘기지?' 하는 경우가 있다. 기록한 나도 다시 생각이 안 난다.

4시쯤 인숙이네 가야곡 농장에 영준이가 운전해서 갔다. 이 서방을 참 오랜만에 본다. 농사 면적에 상관없이 농사 기구는 다 구비해야 한다. 화물차에 흙 고르는 로타리 기계까지 있다.

오는 길에 탑정호 수변공원에 들렀다. 해가 지자 금방 날씨가 쌀쌀해진다. 관저동 '남도복국'에서 까치복국을 먹었다. 만약 먹고서 배가 아프면 외식의 기회가 늦어질 것 같아서 조심해서 먹는다.

집에 오니 9시가 다 됐다.

2019/03/10 일요일

황당, 당황…

일요일, 주일….

1부 예배 다녀와 점심을 먹고 있는데 영광이한테 카톡. 펠릿 사러 오신다는데 어쩌겠냐 해서 나갔는데 월요일 오신단다. 5시까지 가게를 열어 놓고 있었지만 아무도 오지 않는다. 작년보다 계절이 한 달은 이른 것 같다.

기다리며 『똥과 오줌의 역사』를 읽는다. 거시기하지만 원초적 이야기다. 어제도 탑정호 수변공원에서 소변을 보려고 힘주는데 설사 파편이 팬티에 튀어서 당황했다.

최근 들어 설사를 자주 한다. 적응기이니 그럴 수도 있겠거니 하다가도 불안하다. 먹어서 안 좋은 것이 있으면 먹지 말라는데 여러 가지를 먹게 되니 원인 음식을 찾기도 애매하다.

음식 외에도 과식이나 식후 바로 움직이는 것도 이유가 되는 것 같다. 단 음식에도 적응이 안 되는 것 같다.

영화 〈반란의 계곡〉을 봤다. 어제 본 〈던 월〉과 같은 요세미티의 암벽 등반을 하는 다큐 영화다. 오르면 정말 짜릿하겠지.

2019/03/11 월요일

긴 기다림, 짧은 만남…

일주일 전 하루 넘게 금식을 하고서 엑스레이, 투시검사, 혈액검사를 하고 오늘 검진을 받았다. 11시에 예약이 되어 있었지만 1시간을 더 기다린 끝에 받은 진료는 채 5분도 안 되는 것 같다.

검진받기 전 혹시 결과가 안 좋을까 긴장을 하고는 한다. 이런 불평은 '이상 없음'에 대한 애교에 불과하다. 의사는 몸도 마음도 너무 바빠 보인다.

검사 결과에 대한 특별한 언급이 없어 간호사에게 다시 확인을 했다. 다음 검진은 4개월 뒤 7월이다. 오늘도 영빈이 내외가 와 줬다.

그나저나 큰형수가 세브란스 병원에 입원해서 간 기능 쪽 검사를 받고 있단다. 안 아플 수는 없지만 아픈 가족이 계속 나타나니 걱정이다.

대만 영화 〈하나 그리고 둘〉을 봤다. 틈틈히 『페르마의 마지막 정리』도 약처럼 읽는다.

2019/03/12 화요일

당황, 황당…

2496

아내를 출근시키고 가게 대문을 열려고 하는데 열쇠 비밀번호가 생각나지 않는다. 엊그제 일요일에 나와서도 열었는데 말이다. 이 번호 저 번호 조합해 보지만 열리지 않는다.

황당하다. 적어도 수백 번 거의 매일 사용했던 번호다. 치매 초기 증상이 아닌가? 영광이에게 톡을 보내서 번호를 확인한다. 무섭다.

아내에게 얘기했더니 수술받으며 마취도 했고 그래서 일시적으로 그런 것 아니냐 위로해 준다. 보건복지부가 앱으로 올려놓은 치매 진단 설문지로 테스트해 보니 치매가 아니라 하지만 왠지 찜찜하다.

사실 이것뿐이 아니라 작가, 정치인들 이름, 심지어는 초등학교 동창 이름도 생각이 안 날 때가 있다. 걱정된다. 정밀 검사를 받아 봐야 되는지도 모르겠다.

오총회 총무에게 목요일 모임에 참석하지 못함과 내 질병 수술 사실을 알렸다. 너무 느슨한 네트워크라 유지해야 되는지 회의가 든다.

팔팔회, 구관회도 그렇다.

우연인지 다 5급 공무원 모임이다. 서로에게 위로가 되어야 하는데 서로의 상태에 대해 관심도 없다. 몰론 원인은 나에게 있다.

2019/03/13 수요일

BLUE

아내를 출근시키고 바로 한밭도서관에 가서 10권을 반납하고 9권을 빌렸다. 절반도 읽지 못한다. 묵직한 책의 무게에 희열을 느낀다. 요즈음은 책 읽는 시간보다 영화를 보는 시간이 훨씬 길다.

10시 반쯤 가게에 나와 보니 문이 열려 있지 않다. 영광이가 일이 있는지 아니면 의사소통이 안 됐는지 둘 중 하나겠지. 1시까지 두 분이 16포를 사 가셨다.

오늘은 요 며칠에 비해 바람도 불고 쌀쌀해졌지만 꺼진 난로를 다시 피우게 하기는 역부족일 게다.

<기쿠지로의 여름>을 봤다. 특유의 기타노 주연, 기타노 감독의 영화다.

비교적 입맛이 살아나는 듯하지만 조심조심을 거둘 수는 없다. 아직 60kg을 넘지는 못한다.

2019/03/14 목요일

White day

춘계 대심방, 14시
목사님 내외, 부목사, 전도사, 박성자·조남례 권사
주로 내 건강에 대한 말씀과 대화가 있었다.

6시쯤 산책을 1시간 정도 하고 들어오는 길에 꽃을 사 왔다.
장미, 프리지어. 화이트데이.

〈카모메 식당〉을 봤다. 늘 그렇듯 전에 본 영화임에도 처음 보는 듯했다.

선배에게 보낸 톡 편지

우체국에는 오래전부터 노동조합이 있었습니다.
위원장 또는 지부장을 투표로 선출합니다.

그 과정을 지켜보면 참 치열합니다.
간사, 비열이 잘 나타나는 게 선거입니다.

그걸 이겨 내고 선출되는 분들이 누구든
임명되는 우리와는 비교가 안 된다 생각했습니다.

고생 많으셨습니다.

"성태 씨, 잘 있죠?"
어떻게 대답해야 하나 망설입니다.

잘 지내지 못하고 있어서 그렇습니다.
귀한 손님, 암이 찾아오셨습니다.

지난 11월, 위암 진단을 받았습니다.
12월 서울대병원에서 위 전체를 절제했습니다.

수술보다 진단받은 11월이 좀 힘이 들었습니다.
그분의 뜻이라는 걸 받아들였지만 혼란했습니다.

이제 일상으로 정상적인 복귀는 어렵겠다는
그런 생각이 저를 괴롭혔습니다.

습관처럼 건강을 얘기했지만
말로만 지킬 수는 없었습니다.

저는 지금 회복 또는 적응을 하고 있습니다.
거기에 또 다른 일상이 희미하게 보일 듯합니다.

다시 저를 돌아봅니다.
원치 않았던 다른 노오란 길을 가게 됩니다.

불편하고 어두운 길이겠지요.
저는 그 길을 가야 됩니다.

위로조차 위로가 되지 않습니다.
그래도 가끔 위로받고 싶습니다.

2019/03/15 금요일

진땀

19시 30분, 바이올린 독주회에 갔다.
평생 처음이다. 대전 예술의 전당.

공주 귀뚜라미 사장 딸, 오진주.
초대권을 보내와서 아내와 같이 감상했다.

아침에 아내를 출근시키다가 큰일 날 뻔했다.
갑자기 배가 아팠기 때문이다. 진땀이 난다.

설사를 했다.
다시 몸무게가 500g은 줄었다.

11월부터 영광이가 가게를 4~5개월 봤고
내일부터는 내가 하기로 했다.

착신 전화도 풀어서 오랜만에 전화도 받았다.
쉬고 있는데 몇 통 전화가 와 휴식을 방해한다.

2019/03/16 토요일

봄이 온다

넉 달 반 만에 출근, 일상으로 발을 디민다.

아내가 긴장한다. 덩달아 나도 긴장된다.
대여섯 분 방문했다. 1포에서 많아야 10포.

겨울이 가고 봄이 온다.
봄이 가면 여름, 가을 그리고 겨울이 되겠지.

오전 간식으로 삶아 준 감자 2개.
오후 간식은 아내표 요구르트와 껍질 벗긴 토마토.

샤워하고 쉬고 있는데 풍천민물장어 전화.
내일 쓸 숯이 없단다. 숯사랑 들러 20개 배달.

영화 〈지니어스〉, 작가와 편집자.
글 쓰는 사람과 그 글을 다듬는 사람.

2019/03/17 일요일

일상

저녁때 처가에 들렀다.
장모님은 혼밥을 준비 중.

삼계탕을 먹었다. 풍전삼계탕.
식당 음식도 맛이 없다.

10권도 넘게 책을 쌓아 놓고
한두 챕터씩 맛을 본다.

오늘도 영화를 빼놓을 수는 없지
〈러블리, 스틸〉, 나를 잊는 치매는 무서워.

2019/03/18 월요일

희망고문

왜 이렇게 휘몰아치는지
큰형수가 췌장암 말기라 한다.

큰형이 많이 힘들어한단다.
당연히 그렇겠지.

혼자 가게를 종일 지켰다.
가게 45포, 배달 65포, 숯 82상자.

아내는 가게 환경이 안 좋다 걱정.
먼지도 많고, 청결하지도 않다고.

11시 반경 감자, 2시 반에 전복죽.
17시 요구르트와 백설기 조금.

퇴근하면서 세금계산서 전달, 풍천민물장어 방문.
사장님은 열흘 전에 디스크 시술했다 한다.

아프지 않고 사는 사람이 어디 있으랴만
그래도 아프지 않았으면, 아파도 나을 수 있었으면.

2019/03/19 화요일

공평하신 분

낮 기온이 20도란다.
두 분이 다녀가셨다.
8포, 배달 5포. 나의 봄날은 간다.

아내가 가게에 온다.
부지런히 내무사열 준비.
다행히 특별한 지적 사항은 없었다.

아내용 늦은 점심을 중국집에 시켰다.
송이덮밥. 이것저것 남은 밥에 덮어 왔다.
몇 젓가락 뜨더니 만다. 나는 전복죽.

신탄진 보훈병원에 장인어른 문병.
병원에 다녀오면 우울하다.
머지않은 미래의 내가 거기 누워 있다.

오늘은 영화 대신 TV 드라마 시청.
〈눈이 부시게〉 최종회.
김혜자 씨가 25살 치매 노인 역을 한다.

큰형수도 김혜자,
치매에 몹쓸 암까지
걱정하고 조심해도 그분은 예외를 안 둔다.

2019/03/20 수요일

유만근 선생님께

일어나자마자 하는 일은 몸무게를 달아 보고 기록하는 '일'입니다. 작년 이맘때 70㎏ 정도였는데 지금은 59㎏ 언저리입니다. 작년 말 퇴원할 때 62㎏이었으니 그동안도 조금 줄었습니다. 오늘도 7시경 일어나서 역시 몸무게 체크하는 '일'로 하루를 시작했습니다.

보통은 식사를 반 공기 정도 먹는데 오늘 아침은 그것도 조금 남겼습니다. 조금이라도 더 먹으면 여지없이 설사를 하기 때문입니다. 양을 줄인 이유는 오늘 아내를 출근시켜야 하는데 운전하다 갑자기 화장실 가는 상황이 발생할까 걱정이 되어서입니다.

지난 토요일부터 가게로 '일'을 하러 나가기 시작했습니다. 이제 겨울이 다 지나서 하루에 서너 분이 다녀가십니다. 그동안은 조카가 계속 지켰습니다. 오늘은 여섯 분이 다녀가셨고 4월부터 9월까지는 거의 거래가 없습니다.

요즈음 많은 시간을 책을 읽거나 영화를 봅니다. 책은 한밭도서관에서 한 달에 20권 정도를 빌려옵니다. 다 읽는 것은 아니고 절반 정도 읽고 반납을 하게 됩니다. 영화를 보는 데 많은 시간을 보내기 때문입니다. 유료로 두 채널을 보고 있습니다. 넷플릭스와 왓챠.

무엇보다 중점은 밥을 먹는 '일'입니다. 아내의 표현대로 입덧하는 여자 같다고 합니다. 밥 짓는 냄새가 역겨울 때도 있고 비린내가 싫

기도 합니다. 정성스럽게 준비하는 아내를 생각해서 억지로 먹으면 여지없이 탈이 납니다.

한 달 전쯤엔 컨디션이 좋아지는 듯해서 수영을 며칠 계속했다가 약간 탈이 나기도 했습니다. 그래서 요즈음은 배재대학교 운동장을 돌거나 인근 도솔산 산책을 합니다. 먹는 것도 조심, 운동도 조심조심합니다.

오늘은 영화 〈테스〉를 봤습니다. 엊그제는 〈제인 에어〉를 봤습니다. 근간에 노인, 은퇴를 소재로 한 영화도 몇 편 봤습니다. 〈아무르〉란 영화를 보면서는 감정이 이입돼서 눈물이 났답니다.

오늘 가게에 나가서는 황석영이 옮긴 『삼국지』를 읽었습니다. 아들에게 매달 한 권씩 책을 골라 보내랬더니 10권 한 질을 보내왔습니다. 사실 본격적으로 삼국지를 읽은 적은 없습니다. 한 쪽마다 최소 100명씩은 죽고 죽이는 얘기라 황당해서 제 취향은 아니지만 아들이 사 보내온 거라 거부하지 못하고 약 먹듯 읽고 있습니다.

홈통에서 물 흐르는 소리가 들리는 게 지금 밖에는 봄비가 내리는가 봅니다. 내일은 가게 담 밑에 빙 둘러 해바라기와 백일홍을 심어야겠습니다.

2019/03/21 목요일

희망고문

자리를 비우면 귀신같이 알고 손님이 찾는다.
어제는 점심 먹을 때, 오늘은 출근을 늦게 했더니
가게 앞에 와서는 펠릿 사러 왔다고 전화를 하신다.

늦은 저녁, 삼수 형한테 전화했다.
7월이면 위암 전절제한 지 5년이란다.
아직도 덤핑 현상이 있고 힘든 일은 못 한단다.

더 좋아지지 않을 것이며
더 나빠지지 않게 버티며
그렇게 견디며 살아야겠지.

이것도 또 다른 통속한 길이려니
내가 알지 못하는 그분 섭리려니
그러려니 하다가도, 가끔 슬프다.

오늘도 여전히 영화를 봤다.
가게에서 네이버 무료 영화 〈하이 스트렁〉,
집에 오자마자 뜬금없는 공포 영화 〈서클〉.

내일 큰 형수 문병을 가기로 했다.
무슨, 어떤 말을 해야 위안이 되지
희망 없는 희망은 희망고문, 그래도 그래도.

2019/03/22 금요일

추분에 시작해서 춘분에 끝난다네

오후 다섯 시, 공주 가마울 큰형님 집에 4형제가 모였다. 며느리 넷도 자리를 같이 했다. 순태만 큰형수가 아픈 것을 모른다. 형수는 다음 주 세브란스에서 항암치료를 시작한다는데 항암 경험이 있는 사람들이 너무 힘들다 하니 걱정이 된다. 나는 항암치료도 안 하니 거기에 비교하면 아내 표현대로 '감사'한 일이다. 오늘은 큰형수도 컨디션이 비교적 좋아 보였고 큰형도 조금은 안정을 찾은 듯했다.

오후에 가게는 영광이에게 맡겼다. 요즈음이야 겨우 몇 포 팔리는데 그래도 열어는 놔야겠지. 오늘도 오시는 손님들이 한두 포, 두세 포 사 간다. 내일 토요일, 3월까지는 아무래도 열어는 둬야겠지.

2019/03/23/23:55 토요일

춘래불사춘

겨울은 아니고 그렇다고 봄이 온 것도 아니다.
토요일, 누가 올까 주저하다 가게를 열었다.
열 분도 넘게 오셨다. 겨울 꼬리가 남았다.
오후엔 눈과 비가 섞여 내린다.

영빈이 추천 오늘의 영화
〈카메라를 멈추면 안 돼!〉

2019/03/24 일요일

1부 예배 다녀와서 종일 방콕

저녁은 아내와 외식, 관저동 남도복국.
TV 드라마 김혜자 주연 〈청담동 살아요〉 몇 회와 영빈이 추천 〈더 폴〉 일부 감상.
『삼국지』는 3권까지 읽었다. 집중하지 못하고 이것저것 읽는다.
몸 상태는 나쁘지도, 그렇다고 나아지지도 않는 것 같다.

2019/03/25/23:27 월요일

나도 힘들어요

겨울의 끄트머리가 조금 남아서 심심치 않게 거래가 있다. 102포 판매. 그것도 무리가 되는지 몸살 기운이 있다. '나, 아프다' 신호를 아내에게 보냈는데 하던 일을 계속한다. 옆에서 바라보니 아내의 눈꺼풀이 퀭하다. '나도 아프다.' 그러는 듯하다.

<그녀>를 봤다. 컴퓨터와 사랑을 나누고 교감하는 시절이 벌써 와 있다.

2019/03/26 화요일

굳세게 먹어야 한다

11시경 펠릿 공급 업체 디오슨의 백 과장과 김 대리가 가게를 방문했다. 사업 얘기보다 내 건강에 대한 경과보고가 길었다. 부여에 조문하러 가는 길이라 했다.

아내를 집에다 데려다주고 가게에 돌아와서 네이버 공짜 영화 <파리 시청 앞에서의 키스: 로베르 두아노>를 봤다. 이런 홀리는 제목 영화는 뻔해서 보지 않는데 조금씩 조금씩 보다가 결국은 다 봤다. 사진작가의 다큐. 영화 제목이 유명한 사진이라는군.

아침을 집에서 먹는데 아내를 출근시키는 날은 평소보다 적게 먹는다. 운전하다 배가 몇 번 아팠기 때문이다. 가게에 들어가기 전 동백 앞 본죽에서 전복죽을 샀다. 10시 반쯤 아내가 싸 준 감자 2개를 간식으로 먹고 12시에는 전복죽을 반쯤 먹었다.

3시경 전복죽과 구운 계란 1개를 먹었다. 5시에는 다시 구운 계란 1개와 아내가 만들어 싸 준 요구르트를 먹었다. 종일 먹고 또 먹는 연속, 이게 나의 현안 과업이다.

이게 끝이 아니다. 8시 넘어 저녁을 먹고 10시쯤 간식으로 방울토마토와 요구르트를 먹는다. 휴….

2019/03/27 수요일

흐림

어제는 비교적 컨디션이 양호했는데 오후가 되면서 몸 상태가 흐리다.

아내 출퇴근 때 한밭도서관 들러 책 반납하고 빌리고, 방 안 정리하며 나타난 필름 현상하러 갔었고, 가까운 곳이기는 하지만 펫마트에 10포 배달도 했다. 퇴근하면서 태평동 큐티펫에 들러 명함을 주고 왔다. 너무 많이 움직였나, 으슬으슬하다.

아프지 말아야 하는데 조금만 몸 상태가 불편해도 자신감이 떨어진다.

오늘 드디어 한 분도 방문이 없었다. 때가 된 게다.

2019/03/28 목요일

내일 일은 난 몰라요

저녁 먹기 전까지는 으슬으슬하더니 지금은 진땀이 이마에 맺힌다. 오늘도 설사를 했다. 감기 기운이 있는 것 같아 안필상내과에 가서 처방을 받았다. 몸무게가 조금씩 줄어들어 57kg대로 내려왔다. 퇴원 후 62kg 정도였는데, 걱정이다. 자신감도 몸무게만큼 줄어든다.

아내가 수업이 없는 날이라 가게를 안 나갔다. 3시경 아내가 장인어른 장애 등급에 관해 설명을 들으려 건강보험공단에 가는데 같이 다녀왔다. 가게가 근처라 고양이 밥도 주고 왔다.

〈개를 훔치는 완벽한 방법〉, 〈오목소녀〉를 보고 〈패배한 승리자들〉 시리즈 중 몇 회차를 봤다.

개나리도 피고 벚꽃도 피기 시작한다.

2019/03/29 금요일

간절함

새벽 5시에 일어나서 류현진 경기를 봤다. 알람을 안 해 놨는데 4시부터 잠이 깼다.

월말 결산을 해 봤다. 일태 70만 원, 영광이 90만 원 주고 나니 그

금액만큼 전달보다 마이너스다. 작년 3월보다 400포 정도 적게 판매됐다. 전체적으론 작년 시즌과 비슷하게 팔렸다.

다섯 분이 다녀갔다. 5포가 제일 많이 사 가는 거다. 일태가 10포 배달했다. 다음 달부터는 뭐 하고 놀지?

백일홍과 해바라기를 포트와 담장 밑에 심었다. 백일홍 꽃씨 3천 원, 상토 7천 원.

네이버 무료 영화 <우먼 인 골드>와 <해피 어게인>을 가게서 봤다. 집에 와서는 야구는 안 보고 왓챠에 오늘 올라온 박찬욱 감독의 <리틀 드러머 걸> 1회차를 봤다. 박 감독이 영어를 잘하는가 보다.

2019/03/30 토요일

기업의 사회적 책임

오전에 집에서 쉬는데 펠릿을 찾는 전화가 온다. 대문 열쇠 번호를 알려 주고 가져가시라 했다. 오후에 결국 가게에 나갔는데 두 분이 다녀가셨다. 『삼국지』도 틈틈이 읽고, 무료 영화 <걷기왕>을 봤다.

비가 잠깐 쏟아졌다.

저녁엔 영준이와 <리틀 드러머 걸>을 봤다. 외국 사람이라 얼굴도 구분이 잘 안 되는데 첩보 영화라 누가 누구 편인지는 더 구분이 안 된다.

2019/03/31 일요일

나름의 이유는 있겠지

1부 예배 다녀와서 잠시 쉬다 아내가 차려 준 점심을 먹고 날씨가 썰렁한 듯해 2시부터 5시 반까지 자리를 지켰으나 전화도, 사러 오는 사람도 전혀 없다.

저녁은 아내와 영준이랑 관저동 '샤브랑'에서 먹었다. 비싼 한우를 맛도 못 느끼고 몇 점 먹어 본다. 살기 위해? 이유 없이 컨디션이 떨어진다.

공연히 가게를 나갔나? 외식 오갈 때 좀 춥게 느껴지더니 그래서였나? 지어 온 감기약을 잃어버려 약을 안 먹어서 그런가?

가게에서 『삼국지』 4권째를 읽었다.

Part 4

먹어야 산다

- 적응과 영양

2019/04/01 월요일

또, 하루

4월 첫날, 겨울 꼬리가 아직 남아 있다.
15명이 우드펠릿을 사러 오셨다.

엘리베이터 안 거울에 비친 나를 사진 찍는다.
볼품없이 야윈 내가 힘겹게 웃는다.

이준학이 점심 먹고 지나다 잠깐 들렀단다.
일부러 들렀겠지. 1시간은 대화했다.

김재성과 정진성에게 전화해 안부를 묻고
의사인 백석현이 전화 와서 내 안부를 묻는다.

어제는 신동희가 산책 가자고 했다.
교회 가야 된다고 했지만 실은 몸 상태가 불안했다.

영민이와 카톡을 주고받았다.
큰형수가 6시부터 항암주사를 맞기 시작했단다.

꼬박 3박 4일 동안 항암제가 투여된단다.
그려지지 않는 고통에 내가 진저리 친다.

가게에서는 충동적으로 〈충동〉을 봤고
저녁 먹고 〈리틀 드러머 걸〉 4, 5, 6회를 마저 봤다.

2019/04/02 화요일

그저 그런 하루

2시가 다 되도록 손님이 없다.
민들레도 활짝 피었는데, 기대가 무리지.

첫 손님 영헌이와 4시가 넘도록 놀았다.
이런저런 남자들의 수다, 남자라고 대수인가.

그저 그런 일도, 특별한 일도 없었는데
『삼국지』를 펼쳐 보지도 못하고 하루가 또 간다.

네이버 공짜 영화 〈100m〉를 봤다.
좌절, 포기는 없다는데 글쎄, 감동도 없다.

사는 게 늘 감동으로만 산다더냐.
그저 그런 일로 하루가 간다.

2019/04/03 수요일

벚꽃 구경

담장에는 작년 그 자리에 심었던 백일홍 꽃대 하나가 남아 있어 그 꽃씨를 뿌리고, 발아 포트에는 종묘사에서 사 온 금잔화 씨앗을 심었다. 2천 원 50립.

화폐박물관 근처와 카이스트 교정에 벚꽃 구경하러 갔더니 아직은 이르다. 몽울몽울 몽우리가 닷새 뒤쯤 오란다. 교정의 목련은 벌써 지기 시작한다.

정진성이 점심때쯤 다녀갔다. 전에는 점심을 같이 먹었는데 오늘은 대화하면서 혼자 삶은 감자를 먹었다.

영화도 책도 왠지 심드렁한 날이다. 다섯 분 다녀가셨고 20포 팔았다. 대부분 걱정스레 내 안부와 영광 총각 존재를 묻는다.

2019/04/04 목요일

슬픈 예감을 늘 적중한다

'늙어서 아프지 말아야 하는데 곧 나에게도 찾아올 것 같아 두렵다.'

2017년 4월 4일 일기다. 슬픈 예감은 이리도 적중률이 높다. '찾아올 것 같아'가 아니라 이미 찾아와 있었다. 두려워하면서도 기실 아무런 조치가 없었다. 하기는 그렇다고 몇 달에 한 번씩 내시경을 할 수는 없는 일 아닌가.

'받아들임', 비교적 순순히 '암'을 받아들인다며 나는 그분을 이야기하고는 했다. 가만 생각해 보니 나는 그분께 '나에게 왜 이런 시련을 주십니까.' 이렇게 앙탈을 부릴 만큼 그분과 관계가 돈독하지 않았기 때문일 게다. 내가 그분께 진실하게 드린 것도 없기 때문에 '축복'을 받을 기대하지 않았겠지.

그러하니 담담하게, 아니 담담한 척 받아야지. 나는 주님 편도 세상 편도 온전히는 아니어서 '차갑든지 뜨겁든지' 하지 못하다. '어느 편이냐 묻는다면' 나는 고개를 숙일 수밖에 없다.

아침을 한술 떠서 넘기는데 가슴이 턱 막혀서 이러지도 저러지도 못하고 쩔쩔맸다. 진땀이 난다. 아직도 갈 길이 멀다. 아니, 이쯤이 한계가 아닌가 두렵다. 잠시 기대어 휴식을 취하고 그래도 밥을 씹어 넘긴다. 소위 위암 환자의 '덤핑현상'이다.

조금 늦은 11시경, 가게 나가는 길에 유성 갓포호삿에 5포를 배달하고 가게 나가서 바로 대전한우에 10포 배달했다. 퇴근하면서는 도마집에 숯 10상자를 배달했다.

가게서 영화 <세컨드 마더>를 보고 『삼국지』 5권째 두 챕터를 읽었다.

2019/04/05 금요일

살기 위해 먹는다

가게에서 순태와 55분 통화했다. 큰형수 상태에 대해 말해 줬다. 이제 어머니만 모르신다.

여러 번 나눠 먹다 보니 종일 먹기만 하는 것 같다. 밥 외에 감자, 백설기, 토마토, 구운 계란, 요구르트 여기에다 '들고뛰어'에서 주먹밥과 닭꼬치를 사 먹었다.

아내와 신탄진 보훈병원에 가서 장인어른 문병, 집에 오니 8시가 다 됐다. 〈베른의 기적〉 전반부를 봤다. 가게에서는 『삼국지』만 읽는다.

대체에너지 2톤, 광진상회 1톤 그리고 다른 분들이 드문드문 찾아주신다.

2019/04/07 일요일

공주 큰형 댁에 다녀왔다

큰형수는 외양으로는 평온한 것처럼 보인다. 다행이다. 영인네 식구들도 왔다. 1시부터 4시 반까지 있었다. 오는 길에 연산에 들러 순대국밥을 사 가지고 왔다. 식욕이 점점 떨어진다. 집에 오니 7시가 다 되었다.

〈옥토버 스카이〉를 봤다.

2019/04/07 일요일

권위

오늘은 오랜만에 11시 2부 예배를 드렸다.

내가 3개월마다 있는 제직 회의 서기이기 때문이다. 역할이래야 지난번 회의록을 낭독하고 회의 내용을 기록하는 것이지만 벌써 6년도 넘게 하는가 보다. 회의 참석 인원도 점점 줄어들고 안건을 내는 경우도 드물다. 오늘도 안건이 없다. 아픈데도 김성태 집사가 나왔는데 참여해 달라는 목사님 당부가 있었지만 효과는 없는 듯하다. 권위가 부정적 이미지가 있지만 목사님의 권위가 서지 않는 것 같아 아쉽다.

종일 소파에만 기대고 있었기 때문에 운동 삼아 아내와 GS마트에 걸어서 다녀왔다. 아파트에, 교정에 벚꽃들이 활짝 폈다.

2019/04/08 월요일

꽃보다 아름다워

4시에 가게로 수태가 왔다. 껍질째 먹는 사과, 바람떡, 귤을 사 가지고 왔다. 아내 말마따나 동생들을 오빠가 돌봐야 하는데….

나이 들면, 즉 늙으면 다큐가 좋단다. 미국, 중국, 일본의 풍광 영상을 이리저리 봤다. <일어날지 몰라, 기적>을 절반쯤 봤다. 이건 일본 영화다.

오늘도 먹다가 하루가 간다. 운동이 부족하다는 아내의 지적에 따라 일부러 정육점까지 '걸어서' 대패삼겹살 사러 다녀왔다.

곳곳의 벚꽃이 절정이다. 그것은 아주 짧다. 그래서 더 아름답다. 꽃만큼 아름다운 처녀들이 꽃 아래 사진을 까르르 까르르 웃으며 찍는다.

벚꽃에 벌이 꼬이는 것을 처음 봤다. 그동안은 꽃만 봤다는 얘기. 누구나 보고 싶은 것만 보인다. 듣고 싶은 것만 들린다.

2019/04/09 화요일

동병상련

신동희와 '본죽'에서 점심으로 죽을 같이 먹었다.
림프암으로 항암치료를 했단다.

비가 내리려 날씨가 스산했다.
덕분인지 51포 팔았다.

저녁 즈음부터 오랜만에 비가 내린다.
막 활짝 핀 벚꽃이 뽐낼 새도 없이 지겠다.

베란다 홈통으로 물 흐르는 소리가 들린다.
지금도 비가 내리나 보다.

열흘 전쯤 포트에 심은 백일홍 싹이 조금 보인다.
같이 심은 해바라기는 조금 기다리란다.

2019/04/10 수요일

아내를 출근시켜 주고

곧바로 한밭도서관 가서
책 10권 반납하고 7권 빌렸다. 사진 관련 책이 3권.

거의 손님은 없지만 그래도 가게를 지킨다.
어제는 51포, 오늘은 49포 팔았다. 비교적 쌀쌀.

일태 장로 피택 기념으로 양복을 한 벌 그리고,
셔츠와 넥타이도 사라고 카드를 줬다. 464,000원

〈씨민과 나데르의 별거〉를 봤다.
코란에 손을 얹고 진짜 맹세도 하고 가짜 맹세도 한다.

2019/04/11 목요일

정직한 사진

아침 먹는데 언제 가게 여느냐 전화 두 통화.
그 둘도 한 분만 오셨다. 대체에너지에 2톤 판매,
테미 언덕 가파른 곳에 3시 퇴근하며 5포 배달.

오명이가 자전거 타고 왔다.
치매로 입원해 있는 엄마를 보러 왔는데
아들도 몰라보고 "아저씨, 누구세요?" 그런단다.

아내와 화폐박물관과 카이스트 교정 벚꽃 구경.
만개 후 2, 3일 지난 상태, 그런대로 볼 만했으나
햇빛도 없고 스산해서 감상 환경이 그리 좋지는 않다.

『공차는 아이들』 매그넘 사진, 글 김훈.
『캄보디아』 림종진 사진, 안경 쓴 사람이 없다.
『장날』 이홍재 사진, 글 김용택 · 안도현.

갑자기 사진기로 사진을 찍고 싶어진다.
화폐박물관에서 사진전에도 잠깐 들렀다.
지난번에 이어 이번에도 사진첩 몇 권 빌렸다.

가게에서는 〈플랜맨〉을 흘끔거리며 산만하게,
집에 와서는 〈페르소나〉를 3회 중간까지 봤다.
공연히 시간 낭비했구나, 가끔 그런 생각이 난다.

2019/04/12 금요일

꽃대궐

퇴근하는 아내와 대청댐 옥천길에 벚꽃 구경을 다녀왔다.
벚꽃이 환하게 피었다. 날씨도 포근하다. '바람의 노래'에서
점심을 먹었다.

출근해서 바로 '하이주'에 15포 배달했다.
퇴근하면서는 '갓포호산'에 5포 배달했다.
두 분이 다녀갔다. 1포, 2포 합이 3포.

영화 <나는 부정한다>를 새벽 1시까지 봤다.
근근하게 버티던 한화가 3연패했다.
『갈매나무의 시인 백석』을 읽고 있다.

2019/04/14 일요일

화창한 봄날

쉬는 토요일.
나들이는 17시에야 이뤄졌다.
아내는, 주부는 바쁘고 남자는 지루하다.

도안 강가, 내가 사랑했던 강가 길.
잊었었다, 아니 무심한 거지.

또, 생각했다. 빛은 실로 아름다운 것이라.

한우물에 갔다.
아흔넷, 엄마는 잠시도 쉬지 않는다.
그게 건강하신 비결이리라.

<신의 이름으로>
복수의 고리를 끊겠다며
제3자에게 죽기를 선택한다.

2019/04/14 일요일

Plogging

일요일, 주일….
여느 일요일처럼, 주일처럼
1부 예배 다녀와서 그냥 쉰다.

3시쯤 1시간은 페스탈로치 흉내를 내 봤다.
배재대 운동장을 빙빙 돌며 페트병을 주웠다.
산책 운동 겸 한 번에 딱 한 개씩만 옮겼다.[7]

사진책을 다시 넘겨 보니

---

7) 조깅을 하면서 동시에 쓰레기를 줍는 운동이 있다는 걸 나중에 알았다.

캄보디아 아이들은 안경만 안 쓴 게 아니라
신발을 신은 아이도 드물다.

2019/04/15 월요일

일상, 매일 그저 있는 오늘

배송비 포함 6천 원짜리 만보계를 샀다.
Maid in china. 금방 싼 티를 낸다.
기대를 갖는 사람이 이상한 거다.
토요일에도 산책했던 도안 강가를 다시 갔다.
1시간 반 정도 산책했다. 5시 반부터 7시.
오랜만에 만 보 가까이 걸었다.

6번의 거래가 있었다.
대체에너지 1톤, 우드펠릿 25포, 장작 1망.
도마집에 대나무 숯 샘플 2박스도 갖다줬지.

저녁은 아씨삼계탕에서 삼계탕을 먹었다.
절반 이상을 포장해 달라 했다.
먹는 범위를 넓히는 중이다.

아내와 〈신의 이름으로〉를 다시 봤다.
영화 마니아들은 두세 번씩 본다지만
아내도 봤음 해서 다시 본 거다.

『삼국지』가 대기하고 있지만 펼쳐 보지도 못했다.
그 외의 일에 우선순위서 밀린다.
몇 번의 거래, 간식 챙겨 먹기, 화단 정리, 신문 읽기….

출근하자마자 제일 먼저 고양이 밥을 준다.
가까이 오지도 않으면서, 많이 먹지도 않으면서
오직 그대만을 기다렸다는 듯 맹렬하게 소리 지른다.
다음은 난로에 불을 피고 신문을 읽지만
오늘은 담장 밑 화단에 물부터 줬다.
패랭이꽃 씨도 사다가 뿌렸다. 2,000원.

2019/04/16 화요일

곧 여름이 오겠지

대전한우에 숯 배달하러 가서 점심을 먹었다.
누룽지탕, 그런대로 먹을 만했다.
하기는 죽하고 다를 바 없는 음식이다.

3시경 인범이가 놀러 왔다.
이런저런 이야기를 하다 갔다.
고민이나 걱정이 없는 세상이 있으랴.

퇴근하면서 미수금 받으러 두 군데 들렀다.
'청○갈비', 그 자리서 입금을 해 준다. 75,000원.

'남○횟집', 다음 달 초에 준다네. 74,000원.

오전 내 카톡으로 통신 판매 홍보문을 보냈다.
188곳 보냈는데 아직 한 건도 주문이 없다.
대신 두 군데서 누구냐, 고발 운운했다. 어렵다.

완연한 봄이다.
그래도 네 분이 다녀가셨다. 36포 판매.
그래서 4월까지는 자리를 지켜야 한다.

2019/04/17 수요일

멍 때리기도 없었는데

한 분도 방문이 없었다.
오늘 기온이 24℃까지 올라갔다.
책도 한 쪽 못 읽었는데 일 없이 바쁜 하루다.

도서관 가서 책 빌려 가게 도착하니 10시 반.
고양이 밥 주고 화단에 30분 물 주고
싸 가지고 온 죽 먹고, 신문 4종류 설렁설렁 보고….

13시, 아내를 픽업해서 점심 같이 먹고
택배 2개 정리해서 보내고
아내를 용문동 시내버스 정류장까지만 태워다 주고

틈틈이 간식 먹고
그래도 하루 일과가 어쩐지 숭숭한데
도대체 무엇하고 종일 보냈을까?

2019/04/18 목요일

인간관계

딱 한 분이 오셨고 딱 한 포를 사 가셨다.
그나마 통신 판매로 4포가 팔렸다.
늦은 출근에 영헌네 가게서 1시간은 놀았다.

정말 오랜만에 만 보 이상을 걸었다.
가게서 대전역 앞까지 죽 사려도 걸어서 다녀왔고
6시쯤 아내와 도안 강가도 1시간 정도 산책했다.

정림동 '송이네 수제비'에서 저녁을 먹었다.
들깨수제비.
당길 것 같았지만 몸이 받아 주질 않는다.

정재준 국장한테 전화 왔다.
사무관 동기 50명 중 처음이다. 내가 문제다.
승헌이 부부가 위문차 다녀갔다.

그래도 이게 어디야

비장탄 숯 100상자, 우드펠릿 2톤 132포와
펠릿 5포, 장작 1망을 팔았다.
외형으로는 많이 팔았다.

하지만 실상은
숯은 풍천장어에 일태시켜서 배달한 것이고
2톤은 대체에너지가 싣고 간 거다.

종일 가게를 열고 있었지만
정작 가게에는 두 분이 오셔서
우드펠릿과 장작을 각각 사 가신 거다.

숯 배달했다는 일태 전화
펠릿 실으러 온다는 대체에너지 직원 전화
장작 사러 온다는 고객 전화, 종일 이렇게 3통화.

오늘도 걷기 운동이 부족한 듯해
뒤늦게 대전역 근처 종묘상까지 걸어가서
당귀와 곰취를 10포트씩 사다 심었다. 뜬금없다.

월, 수, 금요일은 물 주는 날이다.
아내가 옷 버린다 핀잔을 하고는 해서
오늘도 바짓단을 접어 올리고 꽃과 풀에 물 줬다.

2019/04/20 토요일

난제

오전에 서너 번 화장실을 들락거렸다.
설사다. 56.9kg까지 내려갔다.

컨디션이 올라온다 생각했는데
아직은 좀 더 조심하라고 경고를 보낸다.

왜 그럴까 원인을 생각해 보지만
여러 상황이 겹쳐서 특정되지 못한다.

먹고 싸는 게 요즈음 최대 과제인데
그 과제를 극복하기가 쉽지 않다.

제대로 먹지도 못하고 종일 소파와 친구 하다가
늦은 오후 도안 강가를 1시간 넘게 아내와 산책했다.

이번 주 들어 3번 도안 강가를 찾았다.
다니는 사람이 적어서 호젓하다. 편안하다.

2019/04/21 일요일

설사가 계속된다

밥에서 죽으로 후퇴했다.
그런데도 컨디션이 그럭저럭 유지된다.
그나마 다행이다.

종일 소파에 기대어 지낸다.
집중하지 못한다.
TV에도, 책도, 영화에도.

오늘도 6시가 넘어서야
아내의 그냥 쉬라는 권고를 무시하고
배재대 운동장 산책을 한 시간 정도.

2019/04/22 월요일

28℃

봄은 패스하고 바로 여름이다.
영빈이 내외를 대전역으로 픽업하러 가는데
땀이 줄줄 흐른다. 몸 상태도 한몫하는 듯.

그 길로 신탄진 보훈병원에 다녀왔다.
장인어른은 건강 상태가 많이 좋아지신 것 같다.

구내 이발소에서 이발을 기다리고 계셨다.

대체에너지에 펠릿 1파레트 팔았다.
가게를 방문한 오늘의 유일 고객.
도마집에 열탄 8개 배달, 통신 판매 1포.

영빈이 추천 〈위플래시〉 감상.
아내와 희승이와 같이. 며느리와 시어머니, 고부간.
어제는 〈더 파티〉를 봤다.

2019/04/23 화요일

수술 후 4개월

출근하면서 큰아들 내외를 대전역에 데려다줬다.
부산으로 여행을 간단다. 부러우면 지는 거다.
나는 이번 주 일요일부터 영준이와 제주도에 갈 거다.

출근하자마자 대체에너지에 2파레트 실어 주고
왕머리삼겹살 식당에서 열탄 1상자 사 갔다.
통신 판매도 1건. 이게 오늘 거래의 전부다.

종일 사무실만 지킨지라 걷기 운동 겸해서
은행에 가서 통장 정리도 하고
종묘상 가서 호박 모종 4개, 채송화 씨앗 1봉 샀다.

가게에 나와서는 먹는 데 많은 시간을 보낸다.
오늘은 아내가 도시락을 준비해 줬다.
백설기, 감자, 사과, 요구르트도 간식으로 먹었다.

수술한 지 4개월이 지났다.
이 정도 지나면 어느 정도 회복될 거라 예상했는데
아직도 몸무게가 조금씩 조금씩 줄고 있다.

오늘의 영화
가게에서는 〈브레인 온 파이어〉,
집에 와서는 〈이 세상의 한구석에〉.

오늘의 책
가게에서는 『삼국지 6』,
집에 와서는 『세상을 바꾼 사진』.

2019/04/24 수요일

시시한 역사는 없다

도서관은 대개 수요일에 간다.
매주 수요일은 10권 대출해 주는 날이다. 평소에는 5권.
공연히 욕심을 내서 읽지 못하는 책이 더 많아진다.

오늘은 예약한 『시시한 역사, 아버지』도 있다.

첫 챕터를 잠깐 읽으니 벌써 울컥한다.
시시한 역사는 없고, 시시한 아버지는 더더욱 없다.

어제부터 아내가 도시락을 준비해 준다.
부담을 하나 더 주게 된다.
돼지불고기는 야자탄을 피워서 데워 먹었다.

호박 모종도 심고, 잔디 씨앗도 그냥 뿌려 본다.
인터넷으로 질경이 종자도 주문해 본다.
비시즌엔 식물 키우기가 소일 취미가 될 듯하다.
박성재 국장한테 안부 전화를 했다.
8년이나 정우회 사무국장을 했단다.
나도 곧 장사를 8년 하게 되겠군.

오늘의 영화 〈뮤지엄 아워〉.
아내와 모처럼 같이 보는데
분위기 없이 눈꺼풀이 자꾸 내려앉는다.

2019/04/25 목요일

생로병사

출근하면서 삼성전자 서비스센터에 들렀다. 원래는 내 휴대전화가 갑자기 충전이 안 돼서 고치러 가려고 했는데 결국은 트랜지스터라디오를 손보고 전자레인지를 샀다. 집에 있던 오래된 전자레인지는 가게로 재배치됐다. 휴대전화 충전 안 되는 이유를 알아냈기 때문이다. 근처에 있는 동일운수에 들러 인범이와 커피 한잔 마셨다. 아니, 반 잔쯤.

오후부터 비가 종일 내려 사무실이 썰렁해서 종일 난로를 피우고 있었다. 어제는 전혀 거래가 없었고 오늘은 한 분이 오셔서 5포 사 가셨다. 나머지 시간들은 대부분 먹는 데 보낸다.

큰형수 상태가 많이 안 좋아졌단다. 항암치료를 하면서 몸 상태도 안 좋아졌고 인지 능력은 현격히 떨어진 모양이다. 큰형은 큰형수 항암치료를 중단해야겠다고 했다. 큰형도 항우울제를 먹어야 겨우 잠들 수 있다고 한다.

아침에 일어나서 어제 보다 만 <뮤지엄 아워스> 나머지 부분을 봤다. 독특하고 신선하게 받아들였다.

2019/04/27 토요일

사는 일

당황, 아내와 출근 중 간이 화장실을 들러야 했다.
황당, 방귀만 나오랬는데 그것도 같이 나왔다.

아내가 준비해 준 도톰한 옷을 거부했다.
덕분에 썰렁한 봄을 온몸으로 느껴야 했다.

퇴근하는 길에 화랑기원에 6포 배달했다.
놀라라, 백정기 장로님이 주인이다.

큰형에게 오늘도 안부 전화를 했다.
형수가 아프니 큰형도 걱정된다.

가게에서는 〈파밍 보이즈〉,
집에 와서는 〈당신은 아직 아무것도 보지 못했다〉를 봤다.

2019/04/27 토요일

의무감

오늘 외출은 5시가 넘어서야 이뤄졌다.
종일 소파에 기대어 TV를 보거나 책을 읽었다.

문화동 처가에 들러 장모님을 잠깐 보고
보훈병원에 들러서 장인어른을 보고 왔다.

이대로 집에 들어가면 또 소파에 기댈 것 같아
운동량을 채우러 배재대 운동장을 10바퀴쯤 돌았다.

아침에는 〈당신은 아직 아무것도 보지 못했다〉의 아주 긴 리뷰를 낭독해 봤다. 해몽이 으리으리하다.

2019/04/28 일요일

첫 장거리 여행, 제주

첫날

제주도에 왔다. 3박 4일.
아내와 영준이와 셋이서 왔다.

청주공항에서 저녁 7시 반 비행기를 타고 왔다.
제주에 도착하니 8시 반이다.

저녁은 청주공항에서 죽을 먹었다.
제주 밤바람이 차다.

내일도 모레도 비가 온다는데
그 또한 그 나름의 추억이리니.

2019/04/29 월요일

어긋남의 묘미

둘째 날

아침, 우진해장국, 고사리 육개장.
잘되는 식당은 번호표가 있다.

옆 기념품 가게도 덕을 본다.
야쿠르트 아줌마도 진을 친다.

여행의 반은 먹는 즐거움이거늘, 싸르르 반란
숙소 앞 해변을 산책하다가 혼비백산 철수.

바이제주에서 금박 글씨가 새겨진 연필 한 자루 샀다.
'전에도 지금도 잘하고 있고 앞으로도 잘할 거야.'

용두암 구경, 제주 여행 열 번 만에 처음
감격하지 못한다. 하기는 용두암뿐이랴!

참새와 방앗간이라, 덕인당 보리빵집에 들러
보리빵 2, 쑥빵 1, 팥빵 1.

오라동 '청보리 유채꽃 축제', 비가 종일 온댔는데 햇빛이
난다. 기상청을 비난할 생각이 전혀 없다.

점심, 서당골에서 7천 원짜리 정식.
감격해서 맞장구치며 먹어야 서로 입맛이 나는데….

비가 후두둑 내리는 '환상숲' 곶자왈.
해설사의 해설로 비로소 완전한 환상의 숲이 된다.

송악산 해변에서 산방산 먼 풍경,
10년 전 진성이네와 왔었지. 산천도 의구치 않다네.

알뜨르 비행장 터, 이미 갈아엎은, 곧 갈아엎어야 할 무밭이
참혹하다. 이게 현실적 다크 투어.

저녁, 예정이 어긋나서 찾아낸 '보말과 풍경'
보말죽이 맛나다. 여행의 맛은 어긋남에 있다.

2019/04/30 화요일

오늘 숙소는 '귤중옥'이다

셋째 날

귤 가운데 있는 집이란 뜻이다.
추사기념관을 찾았다.
9년 동안 제주에 유배를 당했고
그때 위리안치된 그곳을 '귤중옥'이라 했단다.
그의 '추사체'도 이곳 제주에서 그때 완성된 듯하다.
인근 대정향교에 갔다.
우리 가족 외에는 아무도 없다.
추사가 여기 있었을 때도 있었을 소나무가 늠름하다.
완고하고 강직해 보이는 늙고 병든 느티나무도 있다.
그 소나무와 느티나무를 보며 추사체를 연상한다.
추사 김정희가 느껴지는 듯하다.

나이테가 생기는 것은 추운 겨울이다.
나에게도 지금 이 시기가 두렵고 추운 겨울일 게다.
아들이 주선한 이 여행을 온전히 즐기지 못한다.
올레마당에서 점심으로 귀한 전복죽을 먹었다.
맛을 느끼지도 못하고 살기 위해 먹으려니 슬프다.
수월봉에 켜켜이 쌓인 화산의 흔적을 본다.
10년 전 무심히 지났던 조붓한 해변 길이었다.
그때는 무심코 지났던 제주의 그저 그런 풍경이었지.
나도 시루떡처럼 켜켜이 생각의 화산재를 쌓는다.
몇 년 새 제주는 펜션과 카페로 채워진다.
귤중옥이 아니라 '펜카페 인 JEJU'가 되어 간다.
'트렌드'란 게 옳고 그름이 아니란다.
다중의 방향성이다.
결국 나도 다중의 하나가 되어 카페를 찾는다.
'쉴 만한 물가'에서 쉼을 찾는다.
의지나 철학이 아니라 트렌드다.
현 정부는 탈원전으로 트렌드를 잡는다.
풍력발전도 그 트렌드의 일환이 되리라.
아이러니하게도 이 여행을 주선한 작은아들,
그는 '원자력연구원'에 근무한다.
바다 위 또는 해변에서 힘차게 또는 휘청거리듯
풍력발전기 프로펠러가 무심히 돈다.
요즈음 과일에 철이 없다.
쌀쌀하게 느껴지는 늦은 봄날의 금릉해수욕장,
요즘은 여름에만 해변을 찾지 않는다.

오늘 숙소는 바다가 한눈에 보이는 '하늘타리' 3층.
뜻은 모르겠지만 왠지 정겨울 것만 같은
그런 상호들, 지명들이 자주 눈에 띈다.
'신의한모'에서 두부 요리로 저녁을 먹었다.
구석진 골목 안도 미식가의 후각은 피해갈 수는 없다.
'어쩌다 여기까지 왔니' 카페를 지나서
저물어 가는 방파제 앞 제주 바다를
어쩌다 여기까지 와서는 바라본다.
멀리 오징어잡이 배 집어등이 불을 밝히기 시작한다.

2019/05/01 수요일

다시 일상으로

4시 반, 다시 잠들 것 같지 않다.
침대에 기대 일기를 정리한다.

늦은 저녁 도착, 이른 아침 출발.
1박 2일 같은 3박 4일 제주 여행.

부실한 아버지를 배려한 일정이다.
그마저도 조심조심 소화했다.

점심은 영준이 회사 근처 닭백숙.
메뉴 또한 내 상태를 고려했으리라!

오는 길에 국립중앙과학관서 열린
원자력연구원 창립 60주년 특별성과 전시 관람.

영준이가 회사 내부도 보여 주고 싶은 눈치였고
아버지처럼 나도 아들 근무하는 곳을 보고 싶단다.

집에 오자마자 영준이는 치과로, 나는 가게로 출근.
가게 마당이 4일 치 배달된 신문으로 어지럽다.

고양이 밥부터 준다. 씨앗 묘판에 물을 준다.
살아 있는 것들이 우선이다.

통신 판매 2개 발송하고 4월 말 결산을 해본다.
누계 플러스 400만 원 정도, 선방한 거다.

세무서에서 2018년 종합소득을 신고하란다.
수입 금액 259,133,209원, 2억 6천이네.

퇴근하며 대전한우에 숯 3상자 배달하고
한밭도서관 들러 노동절이라 책 5권 반납만 했다.

2019/05/02 목요일

전우만입니다

매서운 찬바람을
몰고 오던 동장군이 저 멀리 달려간 그 자리에

전우만입니다.
화사한 온갖 꽃들이 앞다투어 피어나는 봄의 절정인 5월이 시작되나 봅니다.

김성태 집사님!
아니, 다정한 내 친구 김성태!

잘 지나고 있으리라 믿고 싶어요.

직장 재직 시절에는 일에 파묻혀 눈코 뜰 사이도 없었지만

퇴직하고 난 지금 그동안 힘들게 걸어온 뒤안길을 뒤돌아보며 살아가고 있지요.

우리가 힘들게 살아온 만큼 우리 가족들이 행복과 풍요로움이 함께했음이라.

내 친구 김성태!
내가 친구를 생각하기에

기나긴 시간 동안 파김치가 되도록 힘들게 걸어온 친구를

잠시 황혼이 곱게 물든 언덕마루에 앉아서 이마에 흐르는 땀이라도 닦으라고 하나님아버지께서 휴식 시간을 주신 것 같다는 생각이 듭니다.

몸과 마음이 지치고 힘들더라도 즐거운 마음으로 하나님아버지께 기도하다 보면 지금보다 더 좋은 세상이 우리 앞에 있으리라 생각합니다.

오늘도 즐거운 시간 되세요.

2019년 5월 2일
전우만 서

2019/05/02 목요일

살아남기 위해

가게에 나가며 숯 30상자 싣고 갔다.
식사 후 급히 움직였더니 여지없이 설사.
좀처럼 개선이 되지 않는다.

쥬티펫과 신탄진에 10포씩 배달했다. 이게 오늘 거래의 전부다. 쥬티펫은 고양이 배변용이고 신탄진은 양봉업자 벌꿀 따기 훈연기용이다.

신탄진 다녀오면서 스프링클러를 샀다. 가끔 마당에 물을 손쉽게 뿌려 볼 요량이다. 파시는 분은 아주 간단하게 설명했지만 막상 호스를 연결하는 것조차 간단하지 않다. 기계치인 것도 물론 작용했다.

6시가 넘어서야 질경이 씨앗을 포트에 파종했다. 아주 척박한 환경에서도 잘 자란다지만 막상 재배를 하려면 싹 틔우기도 쉽지 않다. 웬 질경이냐고? 가게 마당을 질경이로 채우면 먼지가 덜 나겠지 해서인데 현실성은 부족해 보인다.

2019/05/03 금요일

그 많은 시간이 다 어디 갔을까

아침 먹고 잠깐 잠들었다.
가끔 있는 일이다.
늦은 출근, 대체에너지에서 전화.
문 열고 1톤 가져가라 했다.
이게 오늘 거래의 전부다.
아니다, 통신 판매 2개도 있었다.
책도 한 쪽 못 읽었는데
그 긴 하루가 어디로 갔지?
처제가 왔었고
차 치과에도 갔었고
딱딱한 떡 부스러기가 씹혀서
왼쪽 위 어금니가 시리다.
별 이상은 없다는데
퇴근해서 차를 세우고 걸음 수 확인해 보니
오늘 활동량이 너무 적은 듯해

배재대 운동장에서 30분 정도 걸었다
어제오늘 한화이글스가 1점 차
어제오늘 그것도 역전패.
공연히 심란해진다.
가게 마당에 민들레와 질경이 씨앗을 뿌리고
어제 산 스프링클러로 물을 뿌렸다.
지나가는 분들이 신기한 듯 이상한 듯 쳐다본다.
큰형수가 진료를 받고 내려왔단다.
신문 한 면 전체에 말기 암 환자 본인에게
그 상태를 알려야 하는지에 대한
긴 글이 실려 있어 꼼꼼하게 읽어 봤다.

2019/05/04 토요일

늙는다는 것

피부과에 갔다.
종아리에 조그만 붉은 반점들이 생겨서다.
노인성 피부건조증이라 했다.
씁쓸, 쓸쓸한 얘기다.
나간 김에 병희 이발소에 가서 이발했다.

공주 큰형님 댁에 다녀왔다.
큰형수님이 많이 야위기는 했지만
그래도 오늘은 컨디션이 좋아 보였다.

작은형 집에서 삼겹살을 구워서 나도 몇 점 먹었다.
영길네 가족, 일태 내외, 영준이도 함께했다.

2019/05/05 일요일

시시한 아버지는 없다

큰형님 댁에서 가져온 화초를 가게에 심으러 갔다.
내 땅에다 심었으면 더 애착이 갈 텐데, 아쉽다.

저녁때 양정산소를 찾았다.
올 봄비가 적어서인지 잡초도 적었다.

아버님이 돌아가신 지 11년,
『시시한 역사, 아버지』를 읽으며 아버지 생각.

『삼국지』 7권째를 읽고 있다. 한마디로 그 인생을 말할 수는 없겠지만 나는 어떤 사람으로 표현될까?

인숙이가 밤 11시경 떡과 감자, 과자를 가져왔다.
낮에도 왔었는데 이 밤중에 다시 왔다.

2019/05/06 월요일

틀림과 다름

화창한 5월의 봄날, 종일 아내는 김치를 담그고
종일 나는 지루하게 소파에 기대고 있다.

내 계획은 8시에 집을 나가 영동 장모 산소 들러서
관평동에서 백숙을 먹고 저녁에 한우물 가는 건데….

늦은 5시나 돼서 일이 끝났는지 한우물 가잔다.
종일 봄빛을 받지 못하고 하루가 간다.

아내는 갑갑해하는 나를 발견하지 못한다.
한우물 가서 저녁을 먹었다.

8시와 17시, 9시간의 차이가 있다.
37년을 같이 살았지만 차이는 좁혀지지 않는다.

영화 〈더 디너〉와 〈앙: 단팥 인생 이야기〉를 봤다.
『삼국지』는 관우, 조조에 이어 장비도 죽었다.

2019/05/07 화요일

허망한 시간들

손님이 딱 한 분 다녀갔는데
종일 책도 한 줄 못 읽었네.

고양이 밥 주고 물 주고 똥 치우고
스프링클러 설치해서 화단에 물 주고
어제오늘 4종류 신문 읽고
아내가 싸 준 밥과 간식 틈틈이 먹고
통신 판매 우드펠릿 12개 보내고
밥 먹으며 영화 1편 슬금 보고
종합소득세 관련 세무사무소와 통화하고
후배 정회연과 암 투병 정보를 나누고

길게 늘여 놓은 하루,
규모 없이 시간을 보낸 거군

퇴근하며 두 군데 숯 배달
한일회관, 도마집.

2019/05/08 수요일

으레

어버이날,
어제는 한우물 친가, 오늘은 문화동 처가
의례, 으레….

저녁 6시,
큰아들 65,000원,
으레? 아니, 의례!

수요일,
도서관-교회 가는 날,
으레….

점심, 현암기사식당
5보 뒤처져 따라오는 아내
의례? 으레!?

습관적으로,
별 느낌 없이,
그저 그런….

2019/05/09 목요일

만만하다

점심을 대전한우에서 먹었다. 누룽지, 제일 만만하다. 그 길로 산책 삼아 중앙시장을 휘돌아봤다. 천변으로 해서 걸어왔다. 초여름 날씨 같다. 1시에 나가서 2시 반에 들어왔다.

우드펠릿 2포 팔았다. 캠핑 가서 쓸 모양이다.

전립선비대증이 진행되는 것 같아 스○비뇨기과에 갔다. 대청병원에서 충분히 검사했다고 했는데도 피도 뽑고 소변분출 검사도 다시 한다. 지난번 12,000원, 이번엔 진료비가 16,000원이나 한다. 친절하기는 해도 과잉 진료가 분명해 보이지만 거부할 수도 없다.

저녁 늦게 인숙이가 빵을 만들어 왔다. 가야곡 밭에서 뜯어온 상추도 가지고 왔다.

2019/05/10 금요일

안부

중앙시장서 점심으로 먹으려고 호박죽을 사 왔지만 너무 달다. 간식으로 인숙이가 엊저녁 갖다준 빵과 딸기, 구운 계란을 먹기는 했지만 점심 '밥'은 4시 반이나 되어서 김치와 깻잎을 사 와서 햇반과 먹었다.

한 일도 없는데 신문도 제대로 못 읽었다. 그래, 시간을 꼭 채울 필요는 없는 거지.

부추 모종 서른 개를 인터넷을 통해 사서 이곳저곳 산만하게 심었다. 주말이라 식물들이 잘 견디라고 스프링클러를 일없이 오래 돌렸다.

이민호, 김연신, 박재범 씨에게 안부 전화하고 출근하면서 영헌이 가게에 들러서 커피 한 잔 마셨다.

점점 더워진다. 이모네식당서 6포 사 갔다. 이 시기가 그렇듯 이게 오늘 장사의 전부다.

2019/05/11 토요일

오늘은

12:50
오전에 안필상내과에 가서 비타민 주사를 맞았다.
평생 3개월에 한 번씩 맞아야 된단다. 평생….

14:20
아내를 채근해서 영동 장모님 산소에 다녀왔다.
꽃잔디와 영산홍의 잘 견딤이 오히려 애처롭다.

17:30

원자력연구원을 영준이 안내로 견학했다.

생각했던 것보다 부지가 상당히 넓다.

18:30

연구원 인근에서 저녁으로 누룽지 백숙을 먹었다.

토요일인데도 손님들로 가득하다.

18:47

안진호 장로에게서 전화가 왔다.

이천의 노인요양병원에 계시단다.

21:15

아내와 영준이랑 영화 봤다. <달에 기도하는 피에로>.

오전에는 혼자 <달을 향하는 배>를 봤다. 연작이다.

2019/05/12 일요일

안진호 장로님께

방금 1부 예배를 다녀왔습니다. 수술을 하고는 계속 1부 예배를 드리고 있습니다. 여러 사람으로부터 제 안부를 묻고 대답하는 것이 두려운지도 모르겠습니다. 막상 제가 아프고 보니 대부분의 위로의 말들이 제게 위로가 되지는 못했습니다. 저도 물론 아프신 분들께 위로의 말들을 전하고는 했지만 간절했는지 다시 돌아보는 계기가 되었습니다.

암 진단을 받고 지난해 11월 한 달은 힘이 들었습니다. '왜 나지?'라는 원망을 하지도 않았고 '하나님 뜻이겠지.' 하고 받았들였는데도 눈물이 자주 났답니다. 살려 달라고, 낫게 해 달라고 간절히 기도한 적도 없습니다. 제가 주님께 온전히 드린 것도 없는데 달라고 주십사 할 수는 없었습니다.

어제 저는 영동 장모님 산소에 다녀와서 식당에 막 들어서려는데 장로님 전화를 받았습니다. 장모님은 제 아내가 5살 때쯤, 서른이 되기도 전에 돌아가셨습니다. 척박한 곳에 산소가 있어서 잡초조차 제대로 자라지 않아 갈 때마다 마음이 편치 않습니다.

저의 지금 상태는 몸무게가 전보다 10kg 정도 줄었고 밥을 제대로 못 먹는 것 말고는 잘 버티고 있습니다. 2주 전에는 아내와 아들하고 4일간 제주도 여행도 다녀왔습니다. 조금 무리가 되는 것 같았습니다. 무엇보다 문제는 자신감이 뚝 떨어진 것입니다. 이제는 아무것도 제대로 할 수 없을 것 같아 가끔 슬픕니다. 여행도, 맛있는 음식도.

장로님, 어제 전화 고마웠습니다. 다만, 장로님께 제 이야기를 전할 뿐 위로의 말씀, 안부의 말씀을 차마 드리지 못함을 용서하여 주세요.

아프고 나서 가끔 이 말을 중얼거립니다. "빛은 실로 아름다운 것이라." 이 말씀의 의미를 이제 아주 조금은 알 것 같습니다.[8]

김성태 올림

8) 장로님은 2020년 3월 소천하셨다.

2019/05/12 일요일

희망

두려워서, 귀찮아서, 편해서 또는 습관적으로
어제 했던 그 일을 오늘도 하고 내일도 하게 된다.

의도적 변화를 시도해 보지만 크게 벗어나지 못한다.
교회 다녀와서 책 읽고 영화 보고 아내와 산보했다.

〈맨 온 더 트레인〉을 봤고 박완서의 『미망』을 읽고 있다.
눈을 혹사했나. 사물과 글자가 흩어져서 보인다.

큰형수가 어제 급히 다시 입원을 했단다.
허황된 희망보다 실상을 말해 주라는데….

2019/05/13 월요일

오로지 먹기 위함

05:00
기상, 2시간 류현진 야구 시청

08:30
아침밥 180g, 조금 남기니 아내가 다 먹으라네

10:10

가게 열자마자 쥬티펫 펠릿 10포 배달

10:30

고양이 밥 주고 꽃에 물 주고 믹스커피 2/3잔

10:40

생수 대신 둥굴레차, 종일 음용

10:45

야쿠르트를 먼저 먹으라 아내가 종용

10:55

구운 계란 1개, 단백질 보충용, 아내 관심 사항

11:07

입가심용으로 1/8 사과 2쪽, 결국 사과 1/4쪽

13:20

햇반 210g, 반찬으로 깻잎, 맛김치, 조미식탁김

13:55

30분 식사 후 디저트 사과 1/8 두 쪽

14:00

믹스커피 2/3 후 그 컵에 둥굴레차

16:07

삶은 감자 4개 간식

16:42

후식으로 사과 2/8쪽

17:25

귀가 에너지 보충용 사과 2쪽

17:35

퇴근하며 대전한우 숯 4상자 배달

19:50

다른 날보다 조금 이른 저녁, 상추쌈 머위 돼지찌개

22:00

영화를 보면서 야쿠르트 및 사과 후식

23:30

<달로 향하는 배> 아내와 같이 보고 취침

2019/05/15 수요일

국적불명이면 어때

Rose Day, 영빈이에게도 알려 주고
아내에게 장미꽃 10송이를 선물했다.
20,000원.

처음 '고급경유'를 넣었다. 뭐가 다른 거지?
보통 6~7만 원이면 가득인데.
100,000원.

아내는 내 운동량이 적다며 수영이라도 하란다.
하명 즉시 시행, 동구체육센터, 15:45~16:35.
3,000원.

가게엔 한 명도 찾지 않는다. 통신 판매만 1개.
물건 9,900+택배비 3,000-택배비 4,100-포장 500
수익이 아니 수입금 8,300원.

2019/05/15 수요일

원인 없는 결과는 없지만 원인을 찾지 못하는 결과도 흔히 있다

수술 후 5개월이 다 되어 가는데 아직도 체중 감소는 현재진행형이다. 야금야금 줄어든다. 설사까지 하면 당연히 감소 폭이 커진다. 오늘도 설사를 했다. 거기에다 수영까지 해서 그런가 하며 이것저것 체중감소의 원인을 짐작해 본다. 이틀 연속 수영을 한 시간 정도 했다. 아직은 수영이 무리인가. 배재대 축제가 있는가 보다. 이 기간에 비가 오고는 했는데 올해는 비가 안 온다. 늦게까지 〈어느 독재자〉를 봤다. 오늘도 한 분도 방문이 없었지만 풍천장어에 숯 100상자와 행복한 선물에 펠릿 15포를 일태 부자가 배달했다. 날씨가 30℃를 육박한다. 가게 사무실에 종일 에어컨을 26℃에 맞추고 때 이르게 가동을 시작했다. 먼지를 걱정하는 아내의 걱정도 참고해서다.

2019/05/16 목요일

일과

가게를 열고서 맨 처음 하는 일은 고양이 물그릇을 채워 주는 일이다. 이어서 고양이 밥을 챙겨 주고 나서 쓰레받기와 집게를 들고서 밤새 고양이들이 싼 변을 모아서 화장실에 버린다. 길고양이 3마리가 주로 온다. 벌써 1년 넘게 밥을 주지만 고양이들과는 서로 철저하게 내외하는 관계다.

다음은 물조루를 들고서 포트 묘판에 물을 준다. 지금 8개 묘판이 있다. 민들레, 질경이, 백일홍, 수레국, 패랭이, 해바라기 씨앗들이 심겨 있다. 대개는 월수금에는 담장을 따라서 이렁저렁 만들어진 꽃밭에 물을 듬뿍 준다. 얼마 전 물을 주기 위해 간이 스프링클러도 마련했다.

얼마 전까지는 민들레꽃이 많이 피었었는데 지금은 들양귀비가 드문드문 피기 시작했다. 지금 줄기만 왕성하게 자라고 있는 것은 접시꽃이다. 요즈음에는 아마도 봉숭아인 듯싶은 싹들이 나기 시작했다.

지난번 공주 큰형님 댁에서 가져온 꽃들도 몇 종류 심었다. 꽃 이름은 모른다. 종묘상에서 사 온 취와 인터넷으로 구입한 부추모도 산만하게 이리저리 심겨 있다. 테스트를 위해 심은 잔디 씨와 채송화 씨는 아직 싹틀 기미가 보이지 않는다.

제초 작업 시 예외로 질경이는 뽑지 않는다. 그뿐이랴, 질경이 씨앗을 구입해서 포트에서 싹을 틔우고 있는 중이다. 마당 사막화를 방지하는 용도로 시도해 보는 것이다.

안○내과에서 6만 원짜리 영양제를 맞았다. 실비로 처리가 된다 해서 4시부터 2시간 넘게 누워 있었다. 설사로 부실해진 몸이 영양제가 '뿅' 효력을 발휘하려나.

2019/05/17 금요일

또한 기쁘지 아니한가

영동 양산의 진성이네에 다녀왔다. 올갱이 잡으러 오라 해서 간 거지만 강에는 30분 정도 들어가 있었나. 올갱이는 많이 있었지만 잔잔했다. 아내와 인숙이, 수태랑 같이 갔다. 진성이네 마당에서 장작불에 삼겹살도 굽고 불을 때서 밥을 해서 먹었다. 누룽지도 적당히 눌었다. 4시 반경 출발해서 갔는데. 집에 오니 10시.

큰 병 중인 큰형수와 어머니 간의 대면 문제로 의견이 각각이다. 인정상 만나게 했으면 하는 의견과 극노인인 어머니가 충격을 받을 수 있다는 일태의 의견이 대립한다.

2019/05/18 토요일

오늘도 걷는다만은

휴대전화 운동 기록 79분, 8,079걸음.
18시, 가는 비가 흩뿌리는 도안 강가를 아내와 산보.
새로 자라는 갈대와 억새가 보리밭 풍경.
종일 소파와 친구 하다가 이게 오늘 활동의 전부.

기립성 저혈압

헛웃음과 함께 눈가에 이슬이 맺힌다. 약간 어지러운 듯해 식탁 의자를 잡은 것 같은데 거실 바닥에 내가 엎어져 있다. 아니, 누워 있었나? 습관적으로 일어나 소파에 기대고 나서야 상황 파악이 된다. 왼쪽 엉덩이가 아픈 것으로 보아 푹 주저앉았나 보다. 오른쪽 어깨에도 상처가 생겼고 오른쪽 귀 부분 머리도 어딘가 부딪힌 것 같다. 집에는 나 혼자 있었고 이렇게 죽을 수도 있겠다 싶어 헛웃음이 나고 뜻 모를 눈물이 났다 보다.

공주 작은형 집에서 아버지 11주기 추모 모임을 했다. 상황 전망이 안 되는 큰형수와 어머니, 즉 시어머니와의 어쩌면 다시 볼 수 없을지도 모르는 상황을 고려해서 만남의 장소로 공주를 택한 거다. 큰형수 상태가 다행히 아주 나쁘지는 않다. 원래는 다음 주 양정산소에서 모임을 계획했었고 어머니와 형수의 만남을 일태는 우려하기도 했다.[9)]

나 또한 이 상태로 모임에 참석해야 되나 생각을 하기도 했지만 영준이가 간다고 해서 편승해서 다녀왔다.

어머니, 큰형 내외, 작은형 내외, 우리 내외와 영준이, 일태 내외와 영광이, 인숙이 내외와 재원이, 수태.

---

9) 결국 형수님은 8월에 돌아가셨다.

스스로 진단하고 인터넷도 찾아보고 아내의 의견을 종합한 기절 원인.

음식을 제대로 섭취 못 해 영양 및 기력 부족,
영화와 독서로 소일하여 운동량 절대 부족,
최근에 먹기 시작한 전립선 약.
무엇보다 운동 부족이 주원인인 듯하다.
종합병원에 가야 하나, 전문병원에 가야 하나?
전조 증상도 있었다. 교회 갔다 영준이 차에서 내려 겨우 10여 미터 걸었는데 숨이 찼다. 그러려니 했다.

공연히 한숨이 난다.

2019/05/20 월요일

자상한 아들들

라파엘신경과의원에서 진료를 받았다.
별 이상이 없단다. 다행이다.

2시부터 거의 6시까지 초음파, 뇌파검사를 했다.
전립선 약 복용이 문제를 일으킨 것 같다 했다.

수선 피운 것치고 결론은 다소 시시하다.
그나마 내 자백에 근거한 의학적 진단이다.

어쨌든 내 몸이 엄청나게 취약한 상태라는 거다.
더구나 이 몸 상태가 개선되기는 어려울 것이다.

아내의 주문에 따라 걷기 운동을 했다.
일어나서 또 병원 다녀와서 배재대를 배회했다.

엘리베이터를 타지 말라는 아내의 추가 지시.
즉시 이행했다. 내 판단으론 아내도 운동이 꼭 필요.

또 하나 더, 영화 좀 그만 보고 책도 그만 읽으라신다.
가혹한 처사가 분명하지만 거부의 명분은 희미하다.

대신 작은아들이 쓴 제주도와 대만 여행기를 읽었다.
그런데 쓰러진 아버지의 안부를 묻는 전화는 없다.

11년 전 아버지가 돌아가시기 전 며칠의 일기를 읽었다.
나도 자상한 아들은 못 된다. 때늦은 후회.

2019/05/21 화요일

악어가 나타난다

중고장터에서 실내자전거와 라꾸라꾸 침대를 샀다.
영광이를 시켜서 했다. 5만 원씩 합이 10만 원.

기립성빈혈에 실내자전거 운동이 좋단다.
간이침대는 먹고 나서 쉬기 위함이다.

아침에 일어나 도솔산에 산책을 다녀왔다.
퇴근해서도 1만 걸음을 채우려 배재대를 휘돌았다.

아침 산책하고 엘리베이터를 안 타고 걸어 올라왔다.
저녁때도 걸어 올라왔다. 몸부림을 치는 거다.

가게 이곳저곳에 꽃잔디를 산만하게 심었다.
지난 금요일 진성이네 집에서 가져온 거다.

앉았다 일어설 때마다 어지러운 것 같다.
실제인지 긴장해서인지 구분이 안 된다.

토요일, 월요일, 화요일 신문을 보고 나니 저녁이다.
나머지 대부분은 먹고 또 쉬는 시간이다.

퇴근하려 보니 그래도 과일과 요구르트가 남아 있다.
그것 다 먹느라 문화동 가는 것이 조금 늦어졌다.

장인어른이 거의 9개월 만에 퇴원하신단다.
장모님도, 아내도 잔뜩 긴장하는 것 같다.

2019/05/22 수요일

습관적

수요일, 도서관 가는 날
저녁 예배가 있는 수요일.

책 4권을 반납하고, 4권을 빌리고
5개월여 만에 수요예배에 참석했다.

벌써 며칠째 찾는 사람은 없지만
가게 문을 열고 가게 문을 또 닫는다.

식사 때가 되어도 식욕이 없다.
그래도 밥도 먹고 중간중간 간식도 먹는다.

저녁마다 야구 경기를 본다.
연장 12회, 11시가 넘어서 끝이 났다.

2019/05/23 목요일

출근하면서

자산관리공사에 들렀다. 메모지에 '온비드' 써 주고 끝이다. 뜬금없다는 표현이 적합하겠다. 땅을 사 보려고 아내와 도곡리, 가야곡, 방동을 가 봤다. 시도해 본다는 데 의미를 둔다.

점심 즈음에 처제 부부가 가게를 방문했다.

2019/05/24 금요일

모임들

이봉기 출판기념마당을 다녀왔다.
고등학교 동창 정기 모임보다 많이 모였다.
『몽골/바이칼, 나의 카렌시아』
집에 오자마자 첫 부분과 끝부분을 읽어 봤다.
책의 구성이 애매한 듯. 100,000원, 축하금 접수.

이어서 늦게 총각회, 허가네본가 식당
자연스레 건강에 대한 여러 이야기
이 나이에 아픈 곳 없으면 되려 그게 이상한 일
김성용, 윤창용, 이장영, 이근섭, 오한균, 황정환, 나.

설사했다. 특별한 일은 아니다.
설사하고, 하루 이틀 배변을 안 하고가 반복된다.
가게에 가서 준비된 침대에 쉬는 시간이 많았다.
몸무게가 줄기를 멈추지 않는다. 56.4kg.

일부러 야구를 안 보고 하루를 지냈다.

2019/05/25 토요일

식욕도, 몸무게도 줄어든다

장인어른 여든네 번째 생신연, 병원 인근 '장수촌'
간병인 부부, 장모, 우리 부부, 처제(난영)
그리고 외손자 영준이와 환웅이.

교회 동산을 갔다. 가물어서인지 잔디가 누렇다.
관리가 안 된 위쪽 평탄면은 잡초잡목이 점령한다.
교회의 지금 상황과 닮은 듯해 조금 안타깝다.

서서히, 조금조금씩 몸무게가 줄어든다.
살기 위해 먹는다지만 식욕도 줄어든다.
56.4kg, 또 최저치를 경신한다.

2019/05/26 일요일

뒤적뒤적

아주 가끔 써 놓은 일기가 사라진다.
통신 불량 또는 조작 실수
다시 써도 될 만큼 뒤적거린다.
이게 아닌데, 스스로를 의심한다.
종일 소파와 친구 한 얘기
저녁이 돼서야 도안 강가에 간 일

운동장을 돌면서 『새의 선물』 들었고
영화 대신 책 읽는 거….
이렇게 선명한데 자취를 감춘다.
고민할 만한 일도 아닌데
그럴 수도 있는 일인데
또 생각을 뒤적뒤적.

2019/05/27 월요일

봄날이 있기는 했었나

종일 비가 내린다.
춥다. 썰렁.

순태와 긴 영상통화.
한효순 씨와도 통화.

백일홍, 질경이, 민들레 등
묘판에서 화단으로 옮겨 심다.

앉았다 일어서면 어지럽다.
길은 아득하고 멀다.

2019/05/28 화요일

일상

설사를 했다. 요즘 내게 제일 중요한 사건이다.
미운지 아내는 출근하는 나를 바라보지도 않는다.

그래도 점심 먹고 동구체육센터로 수영하러 갔다.
보름 전쯤 두고 온 수영캡을 찾는 목적도 겸해서이다.

100L 봉지에 넋 나간 인간들의 잔해가 가득하다.
그것으로 적어도 스무 명은 입힐 수 있을 것 같다.

2019/05/29 수요일

거울, 겨울

아내의 새 학기 동구청 강의 시작하는 날.
남부순환고속도로는 공사 중. 선생님이 지각.

동구체육센터에서 오늘도 수영. 금방 숨이 찬다. 거울에 비친 앙상한 가슴, 스스로 안쓰럽다.

2019/05/30 목요일

노파심

장인어른이 일단 병원에서 퇴원했다.
작년 8월 29일 입원했으니 9개월 만이다.

신탄진 보훈병원에 가서 집까지 모셨다.
주간보호센터도 2군데 들러 봤다.

늙을수록 지갑은 열고 입은 닫으라는데
그게 잘 안 되니 이런 말이 있는 거겠지.

2019/05/31 금요일

악의 평범성

몸무게가 야금야금 줄어든다. 평균 체중 4월 57.9kg, 5월 57.1kg. 특별히 불편하거나 아픈 곳도 없다. 이번 주 3번 수영을 했을 정도로 몸 상태도 나쁘지 않다. 먹는 게 원인이다. 설사를 일주일에 두 번 정도 한다. 그러면 먹는 데 부담감이 생긴다.

뉴질랜드산 우드펠릿 한 차 26톤을 받았다. 아주 가끔 주문도 들어오고 텅 빈 창고보다 채워진 창고가 보기도 좋다. 오늘은 하이주에 10포 배달했다. 여기는 아이들이 동물들과 놀 수 있게 해 놓은 작은 동물원이다. 베딩용일 게다.

영화 〈한나 아렌트〉를 봤다. 조직의 틈바구니에서 스스로도 깨닫지 못하는 새 평범한 사람도 악의 도구가 될 수 있다. 정의라는 이름으로 악을 불법적으로, 그것도 단죄라기보다는 보복이 자행되기도 한다. 문제는 그것이 잘못이지만 지적을 하면 악에 의한 피해자의 감정을 거스를 수 있다는 점이다. 악을 행한 자도 악의 지시나 명령을 용기 있게 거부·거절해야 했겠지만 '평범'한 이들에게 그것을 기대하기란 쉽지 않은 일이다. 이 영화에서처럼 악을 처단하기 위한 선한, 정의의 악도 결국은 악이라는 점에서는 악한 악과 다를 바 없다는 것이다. 다만 악한 악의 단죄는 소위 정의를 실현할 수도 있지만 선한, 정의의 악은 평범한 자들의 악에의 가담을 제어하는 효과는 있다 하겠다. 한나 아렌트의 철학자로서 그리고 학자로서의 '악의 평범성' 주장은 논리적이고 합리적이다. 광기가 악한 악을 생산했듯 자칫 선한 악도 본질이 아닌 선동이 될 수 있다는 점이다. 악한 악에 의한 수많은 피해자가 있었듯 그 반대의 경우도 사실이나 논리보다는 감정적 보복이 이성을 가릴 수 있다. 한나 아렌트는 아이히만의 범죄 행위가 정당하다고 변호하는 것은 아니고 상황 논리로 그럴 수도 있겠다 주장하는 것은 더욱 아니다. 악의 평범성을 지적하여 악의 오류에 빠지지 않기를 기대하는 것이다. 〈밀그램 프로젝트〉에서처럼 우리도 피해자의 고통과 절규를 외면한 채 권위에 굴복하거나 타협해서 아니면 자신의 이익이나 자리 유지를 위해 전기 버튼을 누를 것이고 종래는 그게 악이라는 사실도 잊고 싶어 할 것이다. 한나 아렌트의 악의 평범성 주장보다 더 악한 악의 처단을 주장했던 사람들을 흥분하게 했던 것은 유대인 지도자들조차도 유대인 학살 프로젝트에 일정 부분에서 일조했다는 사실을 있는 그대로 말했던 것이다. '너도 별수 없었어', '너도 결국 같은 부류야.'라는 건 아니겠지만 찔렸겠다. 악한 것은 악한 것이고 선한 것은 선한 것이다. '너는 그때 어디 있었느냐' 또는 '아이히만 자리에 네가 있었다면' 하고 내게 묻는다면 아벨을 죽인 가인처럼 "내가 그를 지키는 자니이까." 하며 외면하고 싶고 기억에서 지우고자 할 것이다.

2019/06/01 토요일

유월

서대전중앙교회서 한국아가페 합창단 공연을 봤다.
환우들을 위한 거라며 안미선 권사가 초대를 한 거다.
남성 합창곡을 좋아하는 편이다. 오늘은 혼성이다.

나간 김에 산책 삼아 한밭수목원에 들렀다.
거의 20여 년 가꿔져서 이제 제법 꼴이 난다.
지금은 장미의 계절, 어느 계절에 와도 볼 만할 듯.

돈가스를 먹었다. 2쪽 중 억지로 1쪽을 먹었다.
젊은이들이 양껏 먹기 위한 곳이다. 선정 오류.
계산을 하며 음식을 남겨서 미안하다 사과했다.

2019/06/02 일요일

대정大井, 고향동네 한우물

한우물 친구들 모임이 있었다. 회원 11명 전부 다 모였다. 인천 사는 병유, 서울 사는 원병이, 영동 사는 진성이도 물론 왔으니 전원 참석이 된 거다. 부인은 6명이 왔다. 합이 17명. 복수한우에서 한우를 먹고 커피는 모다아울렛에 있는 투썸플레이스. 남녀 공히 건강에 관한 수다 및 처방. 다들 한우물에서 또 한마을에서 자란 친구들. 한우물 집에도 가서 어머니를 보고 왔다. 공연히 마음이 푸근해진다.

오늘의 영화 〈체스 플레이어〉, 전쟁은 비상식적이다.
한국전쟁에 참전한 아버지와 월남전에 참전한 큰형이 생각났다.

2019/06/03 월요일

너무 오래 서 있거나 걸어왔다

5월 말 결산. 작년과 비슷. 플러스 150만 원 정도.

수영 1시간. 욕심. 호흡도 엇박자.

신동희와 저녁. 곤드레밥. 남자끼리 수다 2시간.

운행 중 잠시 멈춤. 10년 20만 ㎞. 나도 아프다.

몸무게 56kg. 최저치 계속 돌파. 노 브레이크.

허언과 거짓말

한국병원에 유재정 국장 부친 문상을 다녀오는데 차 수리가 제대로 안 됐는지 어제와 비슷한 현상이다.

액셀러레이터를 밟아도 출발이 잘 안 된다. 삼성카에 다시 수리해 달라며 맡기고 6시 반쯤 방문했다. 전화해 준다 해 놓고는 연락도 없이 문을 닫았다. 수리에 대한 불신에 더해 썩 유쾌하지 않다.

오랜만에 시내버스를 타고 집에 왔다. 다행히 연결이 바로 된다. 내일 아내 출근이 걱정이다.

한화 경기를 연장전부터 봤다. 또 졌다. 지난번처럼 나의 일도 아닌 일로 스트레스에 잠 못 들라.

신일우 지부장이 문상 왔다며 전화가 왔다. 안부를 묻길래 별일 없다고 회색 거짓말을 했다.

2019/06/05 수요일

수영했다

차량 수리비가 40만 원이란다.
예고편도 없다. 싸게 한 거란 말만 한다.
수리비 아까워 1년은 더 타야겠다.

승헌이가 와서 점심을 샀다.
냉면, 나는 따뜻한 육수로 말았다.
황해식당, 벌써 줄을 선다.

구근 식물 6종류 2개씩 심었다.
냉장실에 1주일은 두었던 거다.
이런, 알만 있는 줄 알았는데 잎도 있네.

종묘상에 가서 뭘 살까 망설인다.
쌈채에 들어갈 6종류를 혼합해 놓은 게 있네.
하긴 꽃씨도 혼합된 것을 인터넷으로 구입했지.

수영, 도마실 수영장.

2019/06/06 목요일

기대

9시 20분이 아니라 결국 2시 영화를 봤다.
공연히 오전을 허비했다는 느낌이 든다.
롯데시네마에서 아내와 〈기생충〉을 봤다.
소문난 잔치지만 내 입맛에 맞지는 않았다.
나간 김에 무성해지는 한밭수목원에 들렀다.
빗낱이 떨어지기 시작해 서둘러 철수했다.

2019/06/07 금요일

인생 최저 체중

엊저녁부터 비가 내렸다. 오후까지도 부슬부슬 내린다. 대부분 시간을 비를 맞으며 꽃과 식물을 옮겨 심는 데 할애했다. 들양귀비와 민들레는 숙청했다. 효용을 다했기 때문이다. 지금은 접시꽃이 한창이다. 점심은 '왕관식당'에서 그 집 단일 메뉴 콩나물 비빔밥을 먹었다. 반찬도 깍두기 한 접시가 전부다. 점심시간, 그것도 2시까지만 영업을 한다. 골목 그 안이라 찾기도 어렵다. 오늘은 우리 부부가 끝 손님이다. '깨잉깨잉' 우는 소리가 나서 담 너머를 보니 갓 태어난 듯한 고양이. 잠시 뒤 없어졌다. 옆집에서 챙겼나 보다. 5시, 동구체육센터에서 수영을 1시간 약간 지칠 만큼 했다. 이미 승패를 알고 있는 야구 경기를 늦게까지 다시 봤다. 비겁하게도 실시간 현장감을 감당하는 게 버겁다. 이젠 멈추겠지 기대해 보지만 몸무게는 이신바예바처럼 아주 조금씩 인생 최저 기록을 경신한다. 그녀는 24번의 세계 신기록을 기록했다. 55.9kg. 컨디션이 나빠지지 않음은 그나마 다행이다.[10)]

2019/06/08 토요일

하루

아침
농구공 놀이. 배재대.
프리드로우 거리도 너무 멀다.

오전
약해진다. 안필상내과.
자진해서 영양제를 맞았다.

오후
산책했다. 도안 강가.
웃자란 갈대들은 엎쳐 있다.

저녁
외식했다. 곤드레밥집.
입맛이 변덕 죽 끓듯 한다.

10) 최저 체중 기록 경신은 이후에도 한동안 계속됐다.

2019/06/09 일요일

가는 세월

공주 큰형님 댁에 다녀왔다. 큰형수님은 일단 안정적인 듯하다. 우선 다행이다. 작은형 내외도 와서 같이 얘기도 하고 저녁도 같이 했다. 잘 가꿔진 정원은 푸르고 평온하다. 새소리도 청량하다. 무엇이고 누구고 늘 같지는 않다. 변한다. 변해야 한다. 그걸 모르는 사람은 없다. 8시쯤 출발해서 9시경 집에 도착했다.

2019/06/10 화요일

한 일도 없는 하루를 기록한다

책 한 줄 읽지 못했는데 퇴근하려니 19시다.

작년에도, 그 전년에도 그랬다고 기록되어 있다. 시간을 규모 있게 보내지 못한다는 방증이기도 하다. 10시 반에 가게 문을 열었고 2시에 늦은 점심을 먹었다. 5시부터 1시간 정도 수영을 했다. 오전 3시간, 오후 3시간 무엇을 한 거지? 오전, 이 시기 드문 일로 두 분이 방문해서 10포씩 20포를 팔았다. 10분 정도 걸렸을까. 통신 판매 3포, 20분? 모처럼 태경이가 와서 1시간 정도 수다, 이 시간이 길었구나. 그러면 나머지 1시간 반은 무얼 했지? 먹는 데 보냈겠구나. 구운 계란 1개 먹고 떡 1쪽 먹고 방울토마토 10개쯤 먹었다. 먹는 데 30분? 가만 생각해 보니 웹서핑하는 데도 먹는 것만큼 시간을 보냈겠다. 고양이 밥 주고 똥 치워 주고 화단도 돌아봤으니 이래저래 오전은 규

명이 된 듯하다. 수영 가기 전 2시간 반은 무얼 했을까. 간이침대에 누워서 커피를 마시며 신문 4종류 읽었지. 그래, 오늘은 월요일이라 토요일 것까지 읽었구나. 그리고 뒷집 어르신 걱정에 배수로 정비하고 포트 3판에 수레국화 한 개와 혼합야생화 두 개 묘판을 만들고 나니 5시가 다 돼서 서둘러 수영장엘 갔었지. 집에 와서 8시 MBC 뉴스를 오랜만에 보다가 저녁을 먹고 나니 9시. 영화 <우리 사이 어쩌면>을 조금 보는데 영빈이 전화, 조금 긴 아내와 나의 32분 통화. 뜬금없이 아내가 갑갑해하는 양면 인쇄 프린터 설정에 도전했으나 실패하고 잠잘 시간만 놓쳐 자정, 한참을 뒤척여야 했다. 한 일이 없는 것 같은 하루를 기록하다가 또 50분을 보내게 된다. 나 참.

2019/06/11 화요일

잠재욕구

출근하면서 펠릿 10포를 배달했다. 한민시장 '175℃', 제일 맛있게 튀겨지는 온도란다. 디앤지 들러 커피나 한잔할까 했더니 없네.

대종로 네거리에 있는 '다이소'에 들러 봉지 커피 3종류, 곽 티슈, 머그컵, 종이컵, 나무 쟁반, 김치 통조림, 곤드레비빔밥 햇반, 디지털 온도계를 샀다. 29,100원, 커피와 종이컵 외는 다 충동구매다.

1시까지 류현진 야구 경기를 보다가 '현암기사식당'에 가서 점심. 밥 한 그릇의 3/4을 먹었다. 최근 들어 제일 많이 먹은 것 같다. 걸어갔다 걸어오면서 걸음 수를 늘렸다.

철물점에 조루를 사러 갔다가 작은 괭이, 호스도 샀다. 이것도 충동구매에 가깝다. 12,000원, 500원을 자진 할인해 준다.

수영 1시간, 동구체육센터.

2019/06/12 수요일

통제할 수 없는 것에 마음 쓰지 말자

기록 경신에는 실패했고 타이를 기록했다.
몸무게, 체중, 똥게. 55.9kg. 설사했다.
이 덫을 피해야 하는데 번번이 걸린다.
원인, 완벽한 원인이 희미하다.
이번엔 월·화·수 점심 외식 때문일까?

축구를 보기 위해 일찍 일어났다.
아니다. 다른 날보다 일찍 잠들었고 일찍 깼을 뿐.
일어나 보니 전반이 끝나 가고 있었다.
내가 통제할 수 없는 것에 마음 쓰지 말자.
다만 이 시간에 축구 하는 것을 알고 기억하고 있었다.

수요일, 도서관 가는 날, 10권 빌릴 수 있는 날이다.
5권만 빌려야지 했지만 결국 9권을 대출했다.
5권도 2권은 시집, 2권은 사진책을 빌리려 했는데.
10권을 채워 빌려와 봐야 절반도 못 읽는다.

욕심이다. 욕심이 다 나쁜 건 아니지만 욕심이다.
수영을 하러 갔다가 30분도 못 하고 나왔다.
여러 번 화장실, 월・화・수 계속 수영, 몸이 거부한다.
상태 또는 분수를 정확히 판단하지 못함이다.
몸과 마음의 조화, 얼마나 훌륭한 명제인가?
쉽지 않다. 아니, 불가능한 일일 것이다.

2019/06/13 목요일

산 자들의 축제

늦은 출근에도 종일 아무도 날 찾는 이 없다.
꽃에 물을 주지도, 풀을 뽑지도 않았고, 수영도 안 했다.
늦게사 몇 달 동안 비용 내역을 전자가계부에 입력.

아내가 이불 세탁이 끝나면 건조대에 널어 달라 했다.
양면 인쇄가 안 된다고 해 고객센터에 전화해 해결했다.
이게 늦은 출근 이유, 하기는 출근해도 할 일도 없다.

이장영 씨 모친 문상, 조화도 조문객도 많다.
머뭇대다 권의형 국장이 마침 와 자리를 같이했다.
우체국 직원은 겨우 몇이 보인다. 자연스러운 이치.

2019/06/14 금요일

무엇을 입을까

그분은 무엇을 먹을까 걱정 말라 하셨지만
나의 최우선 과제는 '무엇을 먹을까'이다.

또 하나의 과제는 운동을 하는 것이다.
새벽부터 농구 코트에서 공놀이를 했다.

기쁨으로 재미로, 먹는 것도 운동도 해야 하는데
마치 몹시 허기 든 이처럼 먹는 것 일념이라니.

2019/06/15 토요일

나는 자유다

섣부르게 농사짓는다 하지 말아야 한다.
밖에서 쉬워 보이는 게 어디 농사뿐이겠는가.
넘 말하는 것도 그러하고 나이가 들면 더 그렇다.

이런 말을 나도 요즈음 농사를 꿈꾸고 있다.
꿈꾸는 것은 자유이고 그 자체는 나무랄 수 없지만
냉정히 나를 평가하면 내게 벅찬 일임이 분명하다.

나이가 들어 감에 따라 모임에서 대화가 잘 안 된다.

듣지는 않고 자기 말만 열심히 하고 있기 때문이다.
나는 예외이고 싶지만 그 이상도 이하도 아니다.

양파, 마늘 캔다고 해서 인숙이네 농장에 갔다.
오는 길에 늦게 초등학교 동창 모임에 참석했다.
여전히 아름다운 전원과 행복한 모임을 꿈꾼다.

2019/10/14 월요일[11)]

체중=건강 상태

8월 18일 56.3kg을 기록한 이래 거의 두 달 만에 최고 체중이다. 56.1kg.

오전에 약간 설사를 했는데도 말이다. 아침은 영양미숫가루, 점심은 잔치국수, 저녁은 소국밥. 그러고 보니 집밥을 안 먹은 하루였군. 그래도 역시 조심스럽다. 저녁에 충고 12회 동문모임이 있는데 가지 않았다. 이것도 조심의 차원이다. 고등학교 동창 강덕구한테 위문 전화가 왔다. 이런 조그만 관심에도 그냥 마음이 따뜻해진다.

11) 2019년 6월 중순부터 싸이월드 서비스가 중단 상태라 10월까지 기록을 남기지 못했다. 아쉽다.

2019/10/21 월요일

병자가 병든 자를,
노인네가 늙은이를 챙겨야 한다

신탄진보훈병원에 장인어른을 모시고 다녀왔다. 신경과, 비뇨의료과, 정형외과, 치과, 내과를 들른다. 의료백화점 쇼핑센터다. 9시부터 아내가 부지런히 이곳저곳을 뛰어다니며 접수도 하고 예약도 했지만 12시가 넘어서야 오늘 진료 일정이 마무리됐다.

오늘은 장모가 같이 오지 않았다. 거의 매년 시술받았던 허리와 어깨가 많이 아파서 치료를 받아야 하기 때문이다. 거동이 많이 불편한 장인을 조금 덜 불편한 장모가 돌본다. 곱게 노년을 보낸다는 건 환상이다.

나도 병원에 다녀왔다. 늘 달고 다니는 감기지만 조금만 상태가 안 좋아도 불안해한다. 병원에서 대기 중. '이제 암 진단 받은 지 1년이 되어 가는구나' 생각하니 까닭 없이 눈물이 핑 고인다.

자리를 많이 비우기는 했지만 가게에 한 분도 아니 오셨다. 서너 군데 전화가 있었고, 펠릿 공급 업체도 전화 와서 지난 시즌보다 공급량이 줄었다고 하는 걸 듣고는 나만의 '특수 상황'이 아니고 '일반 상황'임을 확인하고 그나마 안도한다. 10월만 놓고 보면 작년의 절반도 못 팔았다.

2019/10/31 목요일

위암 선고 받은 지 1년

고등학교 동창들과 담양 문학기행을 다녀왔다. 긴장해서인지 집에서 나가려는데 배가 사알살 아파 설사성 배변을 했다. 다행하게 민폐 끼치지는 않았다.

소쇄원, 가사문학관, 식영정, 환벽정, 면앙정, 송강정. 문화해설사 한 분이 소쇄원부터 송강정까지 계속 동행해서 해설을 해 줬다. 「사미인곡」, 「속미인곡」, 「장진주」가 외에도 여러 편도 읊어 준다. 나름 의미 있는 소위 문과에서 추진할 수 있는 색다른 여행이었다.

강창국, 김기훈, 김성태, 김완진, 김형중, 유갑봉, 이도찬, 정교순, 정상균, 조병훈, 황광연(총 11명). 일행 중 고등학교 때 이과理科는 딱 1명, 나다.

7시 50분 출발해서 5시 40분 출발지인 대전월드컵경기장에 도착했다. 영준이, 아내와 6월에 제주도를 다녀왔고 이번 여행이 위암 수술 후 두 번째 장거리 나들이다.

2019/11/06 수요일

병가상사

지금 나의 과업은 밥 잘 먹는 것이고, 나의 지금 가장 나쁜 적은 설사다.

오늘 그 적이 또 나타났다. 한동안 잘 막아 왔는데 아쉽다. 가끔 있는 일이라 비교적 침착하게 대응이 된다.

오후에 가게는 영광이가 지키게 하고 아내와 대둔산 수락계곡에 단풍 구경 다녀왔다. 일주일 전쯤이었으면 더 고운 단풍을 볼 수 있었을 텐데. 내년이 있으니까, 이렇게 생각하다가도 내 몸 상태가 이렇다 보니 미래라는 게 부질없다는 생각이 들기도 한다.

2019/11/19 화요일

내장탕은 아직 무리인 듯

오후 내 여러 번 화장실을 들락거렸다. 하기는 수술 전에도 짬뽕을 먹으면 속이 안 좋았으니 새로운 일은 아니다. 점심까지도 별 이상이 없는 듯해 양곰탕을 먹었다. 수술한 지 11달이 됐다.

2019/11/24 일요일

1년 만에 대표기도를 했다

"울기도 했습니다" 부근에서는 잠깐 목이 멨다. 작년 이맘때 일기를 읽어 보니 여러 번 울었다. 잠자리에서, 화장실에서, 진료를 기다리다가 심지어는 운전을 하다가도 눈물이 났다. '순종'이라는 게 있는 그대로를 받아들이는 건데 있는 그대로를 받아들이기 어려웠던 모양이다.

12시부터 4시까지 가게를 열었다. 30포 팔았고 60포는 선금을 받았다. 국산 재고가 없어서다. 올겨울도 국산은 수급도 잘 안 될 듯하다. 공급 단가도 터무니없이 올랐다. 나도 포당 500원씩 올렸으니 소비자들도 '터무니없다' 느끼겠다.

2019/11/29 금요일

대장암 분변검사를 하는 해라며

여러 번 건강보험공단의 독촉이 있어 시료, 즉 똥을 가져다주려 아내는 바라다보기도 싫다는 대○병원을 찾았다. 1년 전의 일을 확인하기 위해서다.

2016년 대○병원에서 촬영한 사진을 보고는 충남대병원 소화기내과 의사는 "왜 이걸 못 봤지?" 그랬다. 왜 못 봤는지를 물어보러 간 거다.

대○병원 의사는 2016년 사진과 2018년 사진을 띄워 놓고는

2016년 사진에는 아무 흔적이 없다며 짜증 섞인 표정으로 나를 바라본다. 하기는 나도 짜증이라면 의사보다 더 섞였을 게다.

작년 충남대학교병원에 갔을 때 그 얘기를 아내와 영준이도 같이 들었는데, 누구의 말이 진실일까? 진실을 지금 안다고 해서 떨어져 나간 위가 다시 돌아오지는 않는다. 공연히 불쾌감만 더한 것 같다.

시간을 낸 김에 등에 피지 뭉친 것을 치료하러 한솔외과에 갔다. 동네 의원인데도 1시간 반을 지루하게 기다려 마취하고 피지를 제거하고 꿰맸으니 수술을 한 거다. 당분간 힘쓰는 일은 하지 말란다. 58,000원.

핑계 삼아 가게를 영광이에게 맡겨 놓고 '팡시온'에 가서 점심을 먹었다. 분위기와 풍광은 좋았지만 주문한 오므라이스와 돈가스는 모양만 훌륭했다. 30,000원.

군서면 대정리 727-2와 719 국유지 아이쇼핑을 하고 보훈병원에 들러 장인어른 문병을 하고 금요일 퇴근 시간이라 복잡한 시내를 1시간 넘게 운전해서 집에 도착하니 6시 20분이다. 내 몸 상태로 무리한 듯, 피곤하다. 아쉽지만 총각회 모임은 불참 통보했다.

드디어 자산관리공사에서 야촌리 343과 344 국유지 대부계약 체결 안내문이 왔다. 뭐 할 건지 이런 계획도 사실은 없다. 연간 임대료 75,150원.

"존재 지속의 욕구와 죽지 않으려는 갈망이 있기에
우리는 죽음을 두려워하며, 두려움을
어렵사리 극복하고 나서도
죽고 싶지 않기에 존재와 생명을 위협하는
모든 요소를 열렬히 적대시한다.
존재 지속의 욕구가 시들고 마침내 삶의 의지가 꺾이는 순간,
우리가 사는 것은 살아가는 것이 아니다. 쇠하고 죽어 가는 것이다.
죽지 않으려는 열망만이 우리를 생동하게 하며
존재를 단단하게 만든다."

- 김헌·김월회, 『무엇이 좋은 삶인가』 중에서

Part 5

수술 1년 후 식단

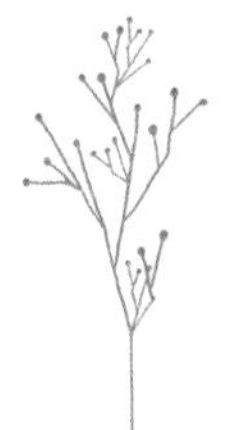

2019/12/01 일요일

6	검은콩 모닝죽 130g 90kal
8	밀스그레인 96g 400kcal, 군고구마
11	칼국수 '행운칼국수'
오전 간식	군고구마, 사과, 밀스칩 40g 185kcal
18	칼국수 '충방칼국수'
22	군고구마

밥은 못 먹었군.

2019/12/02 월요일

6	튜브 귀리죽
8	야채수프, 군고구마
12	갈비탕 '태평소국밥'
오전 간식	군고구마, 사과, 시루떡
20.5	흰쌀밥, 소고기미역국, 고등어조림, 머위
22	사과

9끼 만에 집밥이 오히려 특별하네.

57.0kg

2019/12/03 화요일

6	영양미숫가루, 튜브 귀리죽
8	군고구마
오전 간식	군고구마, 말린 고구마
12.5	칼국수 신미식당
오후 간식	군고구마, 사과, 영양미숫가루
19	소고기구이, 소면
22	요구르트, 사과 1/8

입맛은 당기지만 조심, 절제한다.

57.4kg

2019/12/05 목요일

6	영양미숫가루
7	군고구마
오전 간식	군고구마, 사과, 구운 계란
12	칼국수 '신미식당'
오후 간식	말린 고구마, 사과, 구운 계란, 요구르트
20	'태평소국밥'
22	사과 1/2

57.5kg

2019/12/06 금요일

6	야채수프
8	군고구마
오전 간식	군고구마
12	칼국수
오후 간식	사과, 군고구마, 구운 계란
18	소고기구이 안영정육식당
21	사과1/2

잘 먹는 것 같은데 체중이 줄었네.

56.9kg

2019/12/07 토요일

6	귀리죽, 미숫가루
8	군고구마
오전 간식	군고구마, 사과
12	칼국수 '신미식당'
오후 간식	군고구마, 사과
18	곰탕 '부자집곰탕'
21	사과

56.4kg

2019/12/08 일요일

6	튜브 귀리죽, 미숫가루
오전 간식	군고구마
11	'행운칼국수'
오후 간식	군고구마, 사과
17	갈비탕 '장터골가든'
20	사과 1/2

56.1kg

2019/12/09 월요일

6	귀리죽, 미숫가루
8	군고구마
오전 간식	군고구마
13	칼국수신미식당
오후 간식	요구르트, 사과, 군고구마
20	흰쌀밥, 소고기구이, 콩나물국
22	사과, 홍시

56.4kg

2019/12/10 화요일

6	튜브 귀리죽, 미숫가루, 군고구마
9	군고구마
12	칼국수
오후 간식	군고구마, 사과, 밀스칩
20	밤밥, 수육, 콩나물국, 총각김치
22	사과

56.9kg

2019/12/11 수요일

6	귀리죽, 영양미숫가루
8	군고구마
오전 간식	군고구마
12	칼국수 '신미식당'
오후 간식	사과, 군고구마, 구운 계란, 요구르트
21	밤밥, 수육, 미역국, 총각김치
22	사과

57.2kg

2019/12/12 목요일

6	미숫가루
7	군고구마
오전 간식	군고구마, 사과
12	'행운칼국수'
오후 간식	군고구마, 사과, 요구르트
18	우럭지리, 흰밥
21	요구르트, 사과, 바나나

57kg

2019/12/13 금요일

6	밀스그레인
8	군고구마
12	칼국수 '신미식당'
오후 간식	사과, 군고구마, 요구르트, 핫도그
19	흰밥, 돼지갈비, 누룽지죽
22	군고구마

설사, 어제 동창모임 회식이 무리였나?

56.4kg

2019/12/14 토요일

6 귀리죽
8 미숫가루
오전 간식 군고구마
12 칼국수
오후 간식 군고구마, 사과, 구운 계란, 요구르트
20 흰밥, 고등어시래기조림, 소고기미역국

56.3kg

2019/12/15 일요일

6 검은콩모닝죽, 두유+미숫가루
8 군고구마
11 '태평소국밥'
오후 간식 군고구마, 사과
19 흰밥, 갈치조림, 소고기미역국, 총각김치
22 사과

56.8kg

2019/12/16 월요일

7 튜브검은콩죽, 두유+미숫가루
오전 간식 군고구마
13 칼국수
오후 간식 군고구마, 사과, 구운 계란
20 조밥, 곰국, 갈치조림, 총각김치
22 사과

56.8kg

2019/12/17 화요일

7 두유+영양미숫가루
8 군고구마
오전 간식 군고구마, 사과
12 을왕리칼국수
오후 간식 청포도, 사과
18 소국밥 '김씨네'
21 사과

57kg

2019/12/18 수요일

6 두유+미숫가루
7 군고구마
오전 간식 군고구마, 가래떡
12 칼국수 '신미식당'
오후 간식 구운 계란, 사과, 가래떡
21 흰쌀밥, 곰국, 무우김치
22 사과

56.9kg

2019/12/19 목요일

6 영양미숫가루+두유, 삶은 고구마
오전 간식 삶은 고구마
12 수제비
오후 간식 삶은 고구마, 사과, 영양스틱
20 흰밥, 시레기된장국
22 사과

57kg

Part 6

잊기 위해 일하고 움직인다

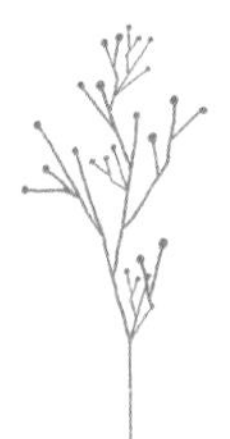

2019/12/11 수요일

밋밋한 하루

하기는 생의 대부분이 늘상 먹는 흰밥처럼, 더구나 앞으로도 그러하겠고, 아프지 않으면 건강한 거고, 별일이 없으면 힘든 일도 없는 것일 테니, 그러하거니 감사하는 마음으로 사는 게 아니고 지내야 하겠지.

2019/12/31 화요일

태어나면 늙고, 병들고, 결국은 죽는다

아무도 거역할 수 없다. 큰형수님이 아프고 돌아가신 게 2019년 가장 큰 사건이었다. '생로병사'가 불가역이라면 '희로애락'은 선택이 '가역적'일까?

'잘 버티고 있습니다.'

진취적인 문장은 아니지만 2019년 대화에서 제일 많이 등장시켰다. 위암 수술로 피폐해진 육체가 더 나빠지지 않게 버텨야 했다.

하기는 살아간다는 것은 버텨 내는 일인지도 모른다. 늙어서는 더욱 그러할 수도 있겠다.

새해 2020년이 되면 나는 제도상으로도 늙은이, 즉 '노인'으로 분류가 된다. 불가역이다. 지난 해, 지난 일. 불가역이다. 새해 다가올 일, 가역적 영역이 조금은 존재하겠지!

2020/01/01 수요일

2020년을 맞는다

어제와 오늘이 다를 게 없지만
새해는 새해다.

신문 컬럼의 제목
'행복하려면 신년 계획을 세우지 마라.'
동감.

두 아들과 2000년 금강 도보 여행, 20주년
히치하이킹했던 구간을 잇자 했다.
8월 4일, 행복한 계획

12월 말 결산
전년에 비해 20% 매출이 줄었다.

원인 - 날씨, 경기 또는 사장 능력

2020/03/27 금요일

요즈음 나의 주식은

아침에는 고구마 그리고 점심은 칼국수다. 위암 회복 환자에게 권장되는 음식은 아니라지만 벌써 몇 달째 변화 없는 메뉴다. 4시 20분에 일어나 우선 소변을 보고, 왜 '본다'고 했을까? 몸무게를 달고, 왜 '단다'일까? 웹 서핑과 일기 기록으로 한 시간 정도를 보낸다. '서핑'? '보낸다'? 오늘 따라 늘 쓰던 단어들이 생경하다. 밥 이야기를 하려다 삼천포로 빠진다. '빠진다'? 흐흐…. 다시 이야기를 이어서 쾌소변은 늙은 남자들의 로망이다. 무슨 로망이든 공통된 특성은 로망의 대부분은 이루어지지 않는다는 것이다. 몸무게 증가는 대부분 위암 환자들의 건강 바로미터로 생각한다. 오늘 아침은 58.9kg이다. 지난 일요일 설사를 해서 58.3kg이었는데 이후로는 오늘 아침 수준으로 유지하고 있다. 각설하고 먹는 얘기로 돌아간다. 우선 아내가 만들어 놓은 스프를 먹기 전 고구마를 에어프라이어에 앉힌다. 이렇게 써 놓고 찾아보니 '안친다'가 맞다. 오늘은 쓰는 말마다 이상하네. 인숙이가 사다 준 예쁘고 동글동글한 고구마 10개, 내가 도마시장에서 사 온 근육형 고구마 3개를 190도로 30분 돌린 후 에어프라이어를 열어서 근육형 고구마를 뒤집어 다시 200도로 9분을 돌린다. 돌아가는 것도 없는데 뭘 돌린다는 거지? 돌겠네. 뒤집을 때는 고무장갑을 껴야 한다. 고구마도 뜨겁고 통도 뜨겁기 때문이다. 준비쟁이 아내가 데임 방지 천 장갑을 사다 놨지만 자기 손이 내 손 크기와 비슷하다는 생각의 오류를 범해서 본의 아니게 아내의 성의를 무시하는 과오를 저지르고 말았던 것이었던 것이었다. '태화고무장갑 1종 KS 2호 ALL A medium'. 그렇다는 거지 홍보하려는 의도는 전혀 없다.

홍보함으로써 얻는 실익이 거의 없기 때문이다. 왜 장갑은 끼는 거지? 짜증 나네. 다시 아내표 수프를 먹는 장면으로 돌아가서 계속하면, 이 수프로 말할 것 같으면 당근, 단호박, 양파, 양배추를 정성스럽게 갈아서 만든 거다. 일주일에 두어 번은 이 수프를 먹고 다른 날은 영준이가 주문해 준 영양미숫가루를 타 먹는다. '타'? 원재료는 다음과 같다. 현미, 황설탕, 분리대두단백, 보리, 백태, 멥쌀, 아몬드, 사과, 귀리, 난소화성말토덱스트린, 보리새싹, 시금치, 클로렐라, 멀티비타민미네랄믹스, 발효아마씨골드, 옥수수, 쌀보리, 검정콩, 율무, 수수, 기장, 참깨, 다시마, 미역, 호박, 브로콜리, 혼합유산균알파, 퀴노아, 검정깨, 들깨, 호두, 밤, 은행, 홍화씨, 대추, 당근, 신선초, 케일, 양파, 양배추, 멸치, 표고버섯, 솔잎, 감자, 쑥, 고구마, 뽕잎, 글리코만난, 발효현미, 비질씨드, 대두, 우유, 호두 함유. 지루하겠지만 나는 줄이고 줄인 거다. 원산지 표시를 친절하게 생략했다. 국산, 중국산, 미국산, 캐나다산, 페루산, 인도산 등이 하나하나 ( )로 묶여 있다. 뿐만아니라 멀티비타민미네랄믹스의 경우, '해조칼슘 비타민C 비타민E 혼합제제 토코페릴아세테이트 변성전분 말토덱스트린 옥수수전분 아라비아검 알파토코페롤 니코틴산아미드 산화아연 비타민B6염산염 비타민B2 비타민B1염산염 엽산' 표기는 과감하게 생략하고 기록한 것이다. 고구마의 경우도 매한가지다. 동글동글이나 근육형은 내가 아주 간소하게 줄여서 지어낸 것이고 '왕, 특, 특상, 상, 상중, 중, 하, 소, 쫄, 쫄쫄, 파, 긴왕, 긴특, 긴상, 긴중, 긴중하, 긴하, 긴소, 긴쫄, A파, 공하, 꼬불이' 중 인숙이가 사 온 건 '승호호박고구마만호농원 10kg' 중 '소'다. 내가 사 온 건 '호박밤고구마선희농장 10kg' 중 '긴상'이다. 다시 원위치. '온 지구의 모든 all 영양 미숫가루'를 1분30초 데운 소이밀크에 타 마시며 순태가 보내 준 책 『이순신의 두 얼굴』을 읽는데 에어프라이어가 고구마 익었다고 '땡땡땡땡땡' 5번 종을 울린다. 처음에는 잠귀가 귀신같이 밝은 아내의 숙면을 방해할까 발딱 일어나 달려갔지만 대부분 4번 이상 울린 후에 도착하기에 달려가서 벨소리를 허겁지겁 멈춤으로써 야기되는 실익이 거의 없기 때문에 그냥 울게 둔다. 눈물도 안 흘리는데 왜 '운다'일까? 의문의 1패다. 10여 분 뜸들게 두었다 서너 개 군고구마를 먹는데 이게 아주 간단하게 기록한 소박한 아침 식사의 전부다. 점심은… 이다.

2020/04/02 목요일

설사했다

위암 회복 환자에게는 나쁜 뉴스다. 물론 건강한 사람에게도 좋은 일은 아니다. 컨디션이 좋아지는 듯해 과식했던 것 같다. '것 같다'는 참 모호하다. 추측이나 불완전한 단정을 나타내는 형용사. '아픈 것 같다', '예쁜 것 같다'와같이 주관적 느낌에 따라 표현될 수도 있겠지만 '1 더하기 1은 2인 것 같다'는 말은 틀린 말이다. 어쨌건 과식을 한 것이 설사의 원인인 것 같다.

2020/06/20 토요일

수술 받은 지 1년 반이 지났지만

아직 정상 수준에 이르지 못한 것 같다. 아마도, 아마도 지금 이 수준 유지가 최선일지도 모르겠다. 몸무게는 58kg에서 두어 달째 유지되고 있다. 7~10kg이 빠진 거다. 아직도 매끼 '즐거움'이 아닌 내 몸에 대한 '의무감'으로 '살기 위해' 조심 또 조심해서 먹는다. 조금만 무리하면 여지없이 품위 없게시리 설사를 하게 된다. 아내가 교회장립 집사가 술을 마신다며 끊으라 잔소리를 하면 나는 줄이겠다 했는데 아내의 '희망'대로 끊게 됐다. 진작 아내 말을 잘 들을걸. 조심해서 아내가 신경 써 준비해 준 음식을 의무감에라도 열심히 먹고 금주 절제해서 무리하지 않게 몸을 다루게 되니 전반적인 건강 상태는 암 수술 전보다 오히려 안정적이 된 느낌이다.

2020/07/04 토요일

'죽으면 된다'

라시면서도 며칠날 병원에 가야 되는지는 물론, 빠짐없이 복용할 약을 챙기신다. 몸과 마음이, 행동과 생각이 따로 움직인다. 몸과 마음이 따로가 아니라, 마음은 교육이나 습관으로 훈련된 것이라면, 몸은 태생적으로 DNA에 각인된 명령에 따라 반응할 뿐이다. 나 또한 위암 진단을 받았을 때, '살 만큼 살았다'면서도, 오늘 장인이 보이신 태도와 같았었다. 둘 다 같은 방향이면 잘살게 될까, 죽게 될까.

잠든 지 2시간 정도 지나, 갑자기 땀이 나고 손발이 저려서 깨어났다. 아내가 급히 백설기, 오디아로니아 요구르트를 챙겨 온다. 나름대로는 응급처치다. 다음 주, 6개월 만에 진료를 받는다. 채 2~3분이나 볼까. 진료 시간은 짧을수록 좋다. 특이징후가 없다는 방증이다. 이번엔 더 짧아지기를.

위암 수술 받은 지 1년 반이 지났고, 밥 먹는 양 외에는 평상으로 돌아온 것 같지만(마음), 아직 아니라고 경고를 보내온다(몸). 더 좋아지지는 않을 것이다. 위암이 생기지 않았더라도, 좋아질 나이는 아니다. 성장이 끝난 24살 이후는 내리막인지도 모른다. 나는 군대 가서도 3년 동안 키가 3㎝ 자랐다.

저녁 간식으로 딱딱한 누룽지를 먹다가 어금니가 깨졌다. '딱딱한' 누룽지가 원인이 아니다. 며칠 뒤 또는 몇 달 뒤 물을 마시다가도 떨어졌을 게다. 낙엽이 한 잎 지는 걸 보고도 겨울이 오고 있음을 안다. 슬프다.

아내에게 거짓말을 했다. 재난지원금을 받지 않고도 받은 것처럼 '온통대전' 카드에 60만 원을 넣어서 아내에게 전달했다. 특별한 철학이 있는 건 아니다. 돈을 펑펑 풀면 어떻게 하느냐(생각)면서도, 60만 원의 유혹은 뿌리치기 어렵다(마음). 0.1%에 속하고 싶은 알량한 허영심이 아직 나에게 있다. 그 재난지원금을 쓰려고 그러는지는 알 수 없지만, 하나로마트 계산대 줄은 그야말로 '장사진'이다. 거기에 섞여 우리도 허위 재난지원금 60만 원을 다 썼다. 정책입안자들의 꼬임에 타협한다.

아내는 오랜만에 방아실에 와 본다. 별로 내키지는 않지만(생각), 남편과의 화평을 위해 남편이 사랑하는 농장을 방문해 준다(행동). 근처에 옛 동료의 고풍으로 크고 넓게 잘 지어진 전원주택을 방문했다. 규모나 크기에 거부감이 들지만, 나도 그런 주택을 갖고 싶다. 이것도 몸과 맘이다.

6개월 만의 정기 진료

수술 후 1년 반, 나도 어느 정도 여유가 생겼고, 오늘따라 의사도 비교적 여유롭게 진료한다. 보통은 난전에서 물건 팔 듯 진료를 받곤 했다. 다행히 특별한 이상은 없단다.

예약 시각 10:30, 실제 진료 시작 10:50, 양호. 보통 1시간 넘게 지연되고는 했었다.

경증 기관지 폐렴(mild bronchopneumonia), 집 가까운 곳에서 치료받으란다. 위암 수술 후 발생할 수도 있다니, 어쨌든 신경이 쓰인다. 찬송가를 부를 때, 빨리 걸을 때, 밭에서 일할 때, 숨이 차고는 해서 마스크를 써서 그런가, 운동이 부족해서 그런가 정도로 생각했었다. 심한 정도는 아니지만 가래도 나온다. 충남대병원에서 진료받는댔더니 요양급여의뢰서를 떼 준다. 서울역에서 점심 먹는데, 충남대병원에서 전화. 금방도 연락이 오네. 선별진료소부터 들르라 한다. 코로나 때문이다.

어제 설사의 원인, 토요일 상한 듯한 약밥을 아까워서 먹었고, 어제는 결혼 38주년 기념 케이크를 먹은 게 문제를 일으킨 것 같다.

오늘의 내 보호자, 큰아들.

2020/07/21 화요일

환자 스스로 의사가 되지마라

"검사하는 데 시간이 얼마나 걸리나요?"

"몰라요. 나도 그게 알고 싶어요."

C 대학병원 코로나19 선별 진료소에 미리 전화해 통화한 내용이다. 실제 가 보니 그 답변이 맞는 얘기였다. 승용차 가져왔으면 거기 가서 기다리란다. 1시간 기다릴지, 3시간 기다릴지 예측이 안 된단다.

Mild bronchopneumonia

서울대병원에서 발급한 '요양급여의뢰서'에 기록된 나의 증상이다. 번역기에 의하면 '가벼운 기관지 폐렴'인가 보다.

언제 오면 그나마 바로 할 수 있냐고 물으니, 아침 일찍 오라고 한다. 내일 일찍 검사를 받더라도 아마도 사흘쯤 뒤에 결과가 나올 테고, '양성'이면 물론 입원 치료를 받을 거고, 다행히 음성이면 호흡기내과 '진료'가 아닌 '검사'를 한 다음, 월요일쯤 하면 빨라야 수요일에나 전문의를 만나 진료를 받을 수 있으려나.

숨이 차고 가래가 끓는 게 늘 있는 일이기는 하지만, 그래도 신경이 쓰여서 집에서 가까운 L 내과를 방문했다. 거기에 서울대병원 발행 요양급여의뢰서와 의무기록 CD를 제출하니, 바로 읽고 판독하더니 나에게 최소한으로 엑스레이를 찍겠다고 양해를 구하고, 그 결과까지 판독해서 처방을 해 준다.

빠르다고 다 좋은 건 아니다. 친절하다고 그 치료 결과가 다 좋은 것도 아니다. 나의 상태가 코로나19 검사를 받지 않아도 되겠다는 L 내과의 판단이 틀렸고, C 대학병원의 우선 선별검사 요구가 맞을지도 모른다.

환자 스스로 의사가 되지 말라는, 어제 서울 택시 기사의 조언이 있었지만, 스스로 판단하기에 만성이 된 기관지폐렴이 며칠 일찍 치료한다고 더 빨리 나으리란 보장도 없다. 더구나 나는 국가가 지정한 중증질환자로, 취약한 몸 상태를 감안하면 시간이 걸리더라도 코로나 검사도 받고, 종합병원에서 치료를 받는 게 맞을 것이다.

그러나 "종합병원보다 장비나 경험이 조금 부족하지만, 이 정도는 우리 병원에서 치료해도 되겠습니다." 이 말에 "언제 끝날지 모른다"는 종합병원보다 '조금 부족'한 도마동 L 의원에서 치료받기로 한다.

2020/07/23 목요일

아무리 일상이라도

당할 때마다 황당한 설사, 오늘 아침 출근하면서도 당황했다. 다행히 중촌시민공원 화장실을 곧 찾았다. 프랑스 파리를 생각해 봐라. 화장지에 수세식, 우리나라 좋은 나라. 위암 수술 후에는 늘 화장실 위치를 잘 파악하고 있어야 한다. 잘못하면 변을 당할 수 있다.

줄기차게 내리는 빗속에서도 오전 내 펠릿 보관 장소로 빌린 곳을 과감하게 정리했다. 일을 찾아 만들어 나를 잊는다. 오후에 승헌이가 놀러 왔다. 한 달에 두어 번씩 온다. 승헌이 난 농장에는 난 한 번도 안 갔는데….

농업경영체 등록 확인서가 우편으로 도착했다. 7월 20일 자로 '농업경영자'가 됐다.

2020/09/10 목요일

취약자+기저질환자+고령자

아내가 점심 도시락을 싸 줬다. 식당에 가서 점심 사 먹지 말란다. 코로나19 확진자가 대전시 이곳저곳에서 발생하기 때문에 '취약자'인 내가 걱정돼서다. 지나치게 공포 분위기가 조성되는 것 같기도 하지만, 취약자가 아니라도 조심해서 해가 될 일은 없으리라. 나는 위암 환자에다가 감기를 늘 달고 다니는 허약한 기관지를 가지고 있고, 66세로 고령인, 취약자이자 '기저질환자'이다.

2020/09/21 월요일

폭발 1초 전

흔히 젊은이들이 불만이나 감격이 분출되기 바로 직전을 이렇게 표현한다. 위암 환자들은 폭발 1초 전을 심심치 않게 경험하게 된다. 나 또한 위암 수술한 지 20개월이 지났지만 오늘 아침 출근하다 그 상황에 닥치고 말았다.

바로 설사.

집에서나 식당, 사무실에서야 바로 화장실에 가면 그만이지만 오늘처럼 출근하는 길에 폭발 1초 전이 되면 죽을 맛이다. 승용차에 주유할 때도 안 됐는데 반대편 주유소에 유턴해서 들어가 차를 세워 놓고 우선 화장실부터 황급히 들러 일을 본다. 진땀이 난다. 기름

20리터를 넣고 다시 가게로 가는데 또 배가 아프다. 이번엔 유등천변에 차를 세우고 천변 공중화장실. 민망하게 지리기까지. 그래도 감사하기는 우리나라가 이런 공중화장실이 비교적 잘되어 있기 때문이다.

이러니 당연하게 이동할 때 늘 이용이 가능한 화장실을 파악해 두어야 한다. 나의 경우 이런 상황이 주로 아침 출근길에 발생해서 아침밥을 6시쯤 일찍 먹고 장을 움직이게 해서 배변을 하게 한다. 근본적 해결 방법이 있으면 좋겠지만 그건 어려운 것 같다. 원인을 찾는 것도 쉽지 않다. 한동안 식사 메뉴와 양을 기록했는데 그래도 파악이 잘 안 됐다.

어제 식사 복기

6시 미숫가루 1컵, 군고구마 150g
8시 군고구마 100g
10시 사과 반쪽
12시 영양 스틱바
14시 흰쌀밥, 소고기미역국, 소불고기
16시 누룽지 1쪽, 사과 반쪽
20시 흰쌀밥, 소고기미역국, 소불고기
22시 누룽지 1쪽

아들 생일이라고 과식한 게 원인이었을까. 가만 생각해 보면 위암 수술 전에도 가끔 화장실이 급한 경우가 종종 있기는 했다. 그게 위암의 전조 증상은 아니었을까.

몽마夢魔

초등학교 동네 친구인 태철이와 영국이는 아직도 지들이 나이 든 줄도 모르고 몸에 딱 붙는 옷을 입고 어려운 동작을 잘도 해낸다. 이른 새벽 산책을 나서는데 어디서 나타났는지, 병영이 형이 나를 툭 치며 어디 가느냐 묻는데 깜짝 놀라서 잠에서 깨어났다.

꿈이다.

4시에 깨어나서 두어 시간 놀다가 6시쯤 다시 잠을 청했는데 꿈에서 놀란 때문인지 7시쯤 깼다. 대개는 2시간 정도 다시 잔다. 마침 아내도 깨어 있어 방금 꾼 꿈 얘기도 해 주고 화장실에 앉았는데 느낌이 이상하다. 지린 게 아니고 싼 수준이다. 민망하게시리 내의와 잠옷은 물론이고 침대 시트, 거기에다 덮는 이불까지 오염이 됐다. 가볍게 먹는 아침조차 거르고 따뜻한 보리차를 마시는 것으로 대신했다. 저녁에 퇴근해 보니 방마다 세탁물 건조장이 돼 있다. 거듭 민망하다.

꿈의 내용이란 게 대개는 현실의 연장이다. 어제 병화 아들이 이번 달에 결혼한다고 단톡방에서 대화가 오갔는데 그게 꿈으로 이어진 게다. 지금도 배 속은 구글구글 대고, 시도 때도 없이 가스가 분출된다. 위암 수술 후 22개월이 다 돼 가는데 말이다. 아마도, 아마도 이런 상태가 계속되겠지. 위암 환자의 숙명이라 받아들여야 하겠지. 어머니가 엉뚱한 짓을 하면 하시는 말씀, "똥 싸구 자빠졌네." 몽정이 아니고 몽설이구나.

2020/11/04 수요일

국가 지정 중증질환자, 위암 환자가 된 지 2년이 됐다

살아오며 이렇게 한 방에 나의 전반을 바꾼 충격이 있었을까. 나보다 훨씬 더 심각한 분들이 많은데, 위암 1B는 그분들에 비하면 소위 착한 정도에 해당하겠지만, 고통은 비교해서 느끼는 게 아니라 오롯이 나만의 것이다. '아직도 가끔 이게 끔찍한 꿈일 거야'라고 쓰는데 갑자기 눈에 물이 고인다. 다 떼어낸 위가 배가 고프다고 조르기도 하고, 가끔 아프다고 어리광을 부리기도 한다.

2020/11/11 수요일

특정인을 우리는 몇 마디로 요약해서 표현하고는 한다

'그 사람 화끈한 사람이야', '그 사람 이기적이야', '그 사람 인간적이었지', '사교성이 좋아', '술을 참 좋아했지', '야구선수였지' 등등

남들은 나를 어떻게 말할까. 물론 사람들마다 다르겠지만, 나는 어떤 말을 듣고 싶을까.

'어떠한 형편에든지 나는 자족했노라'

배부름, 배고픔, 풍부, 궁핍에 처할 줄 아는 일체의 비결을 배웠노

라는 빌립보에 보내는 바울의 편지다. 어디 감히 바울 사도를 흉내 낼 수 있겠냐만, 내 묘비명에 쓰였으면 한다.

그러려면 그렇게 살아야겠지.

2020/12/04 금요일

암중일기癌中日記

새로 낼 책의 임시 제목이다. 지난달 25일, 출판 계약을 했다. 2018년 10월 말, 위암 진단을 받고부터 기록한 일기다. 개인적인 기록이라 여러 번 망설였다. 지금이 겨울 장사로 바쁜 때라 이 기간이 지난 뒤 시도할까도 생각했는데 더 미루면 주저앉을 것 같아 일단 발을 뗐다. '떼다', 시작할 때도 그만둘 때도 쓰는 말이다. 시작은 '발', 마무리는 '손'이다.

2020/12/09 수요일

북랩 출판사에서 '암중일기癌中日記' 1차 교정분 원고를 보내왔다.

아직은 거칠어서 많이 다듬어야 한다. 내용도 사람들이 '그 정도야' 라고 말하는 위암 1B기이고 항암치료조차 안 했지만 그래도 나에게는 전부였다. 어떤 암이든 정도와 관계없이 당사자에게 시시한 암은 없다.

2020/12/21 화요일

수술 후 2년

2018년 12월 21일, 서울대병원에서 위암 수술을 받았다. 위를 전부 잘라낸다는 게 그때도 믿어지지 않았고, 2년이 지났지만 지금도 현실이 아닌 것 같다.

2020/12/25 금요일

2020년을 보내면서

개인적으로 특별하게 기억에 남는 일이 무엇이었을까. 코로나19 때문에 여러 제약이 있어서 특별히 기억 남을 일도 없는 것 같다.

8월, 두 아들과 20년 전 약속을 이행하기 위해 비록 한나절이었지만 10여 ㎞ 함께 성당 포구에서 황산대교까지 걸은 게 기억에 남는다. 당시 중학생이었던 두 아들이 30대 중반이 되었다.

여름 내내 논산 가야곡 들말과 옥천 방아실 밭 300평을 빌려 거의 매일 출근하다시피 땀 흘려 농사를 지은 것도 소출은 거의 없었지만 나름 의미가 있었다.

그 무엇보다 암 수술 후 2년 차를 잘 견뎌서 어느정도 건강을 회복한 것도 다행이었다.

장사는 지난 1월과 2월 겨울치고는 기온이 너무 올라가 반 토막이 났고, 공급처에서 우드펠릿Wood Pellet 비수기인 8월에 파격적으로 싼 가격에 준다고 해서 나대지 100평을 100만 원에 빌려 6,500포를 쌓아 놨는데 부실하고 안일하게 덮어 놨다가 긴 장마에 침습이 돼서 안 하느니만 못한 결과를 가져왔다.

스트레스만 많이 받았고 비싼 수업료를 냈다. 다행히 이번 달 초부터 추위가 일찍 찾아와 코로나19 와중에도 작년보다 판매량이 줄지는 않았다. 내 장사는 내 의지나 노력보다 그 외의 요인들에 많은 영향을 받는다. 날씨, 유가 등은 내가 통제할 수 없다. 다만 대비할 수 있을 뿐이다.

2020/12/27 일요일

만보백권

'하루에 1만 걸음 이상 걷고, 한 해 동안 100권의 책을 읽자'는 오래된 나의 좌우명 같은 목표다.

올 한 해 휴대전화에 기록된 월평균 1일 걸음 수는 4월 7,761걸음이 최고이고 이번 달 12월이 2,701걸음으로 최저다. 평균적으로 5천 보에 미치지 못했다. 나머지는 텃밭놀이하면서 곡괭이 휘두른 숫자로 채운 것으로 하자. 땀은 아마도 살아오면서 제일 많이 흘린 한 해가 아니었을까?

책은 며칠 전 기록한 대로 올해 99권을 한밭도서관에서 빌렸다. 회원이 된 2014년 6월부터 667권을 빌렸으니 외형으로는 100권이나 실제로는 50% 정도나 읽었을까?

한 해를 행복하게 보내려면 아무 계획도 세우지 말라는 말에 전적으로 동의는 하지만, 나에게 동의도 구하지 않은 휴대전화 앱이 나의 걸음 수를 기록하고, 도서관 대출 기록이 나의 독서 흔적을 남기게 될 것이다.

2021/02/02 화요일

내일은…

지난 목요일 서울대병원에서 채혈, X-Ray, 장내시경, CT 검사를 했고, 내일은 위암 수술 후 2년 차. 의사의 진료가 있는 날이다.

Part 7

2년간의 체중 변화

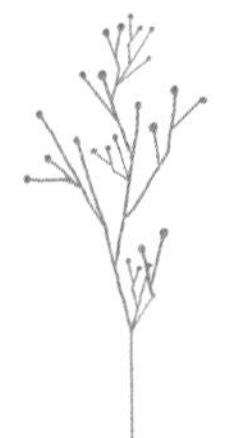

암 진단, 수술 후 체중 변화

체중단위: kg

2018년 10월	11월	12월	2019년 1월	2월	3월	4월	5월	6월	7월
66.4	66.1	63.4	61.3	60.7	59.0	57.9	57.1	56.2	55.9

8월	9월	10월	11월	12월	2020년 1월	2월	3월	4월	5월
55.7	54.9	55.2	55.8	56.9	57.4	58.2	59.2	58.8	58.2

6월	7월	8월	9월	10월	11월	12월	2021년 1월
58.2	58.3	57.7	57.5	58.3	59.4	59.9	60.4

하루에 3번씩 체중을 달아 본다.
일어나자마자, 퇴근해서, 잠자기 전.
일관성 유지를 위해 팬티만 입고서
계체하여 월 평균 체중을 표시한 것이다.
키 178.5㎝

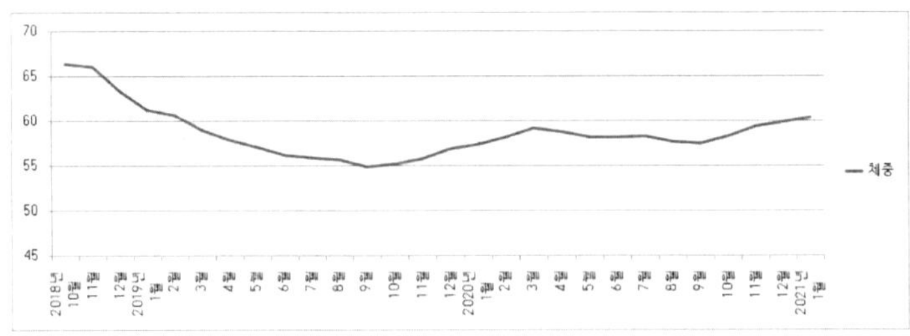

후기

우드펠릿 장사를 2015년 10월에 시작했다. 그 기록도 언젠가 남겨야겠다. 제목을 미리 정해 본다. <장사일지>, 부제 '40년 월급쟁이, 장사꾼으로 변신'.